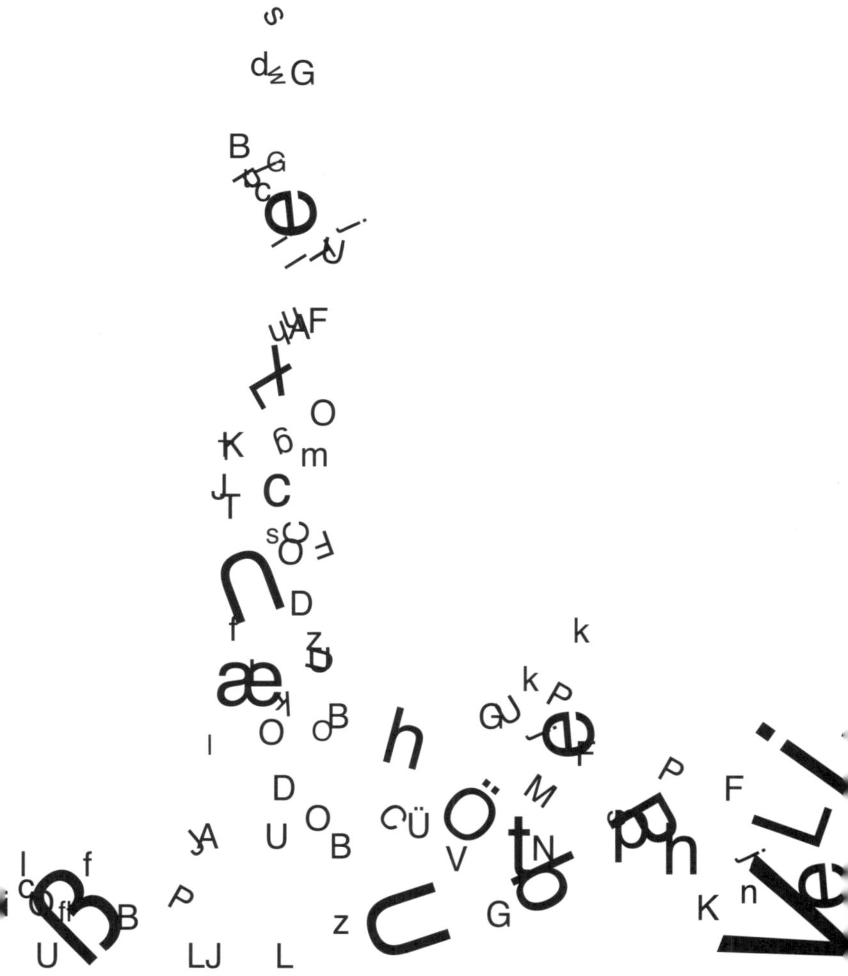

Verlag des V. Austria Nostra

Umschlagentwurf, Typographie & Innengestaltung:
Julia Litschauer, www.juca-design.at
Druck: AV-Astoria Druckzentrum
ISBN 978-3-9502031-8-9

INHALT

WIMBERGER^s Literaturpreis

Bereits zum zweiten Mal wurde dieses Jahr um den beliebten, ausgeschriebenen Literaturpreis des ARCOTEL Wimberger geschlemmt.

Kredenzt wurde ein viergängiges Menü, welches unter der Leitung von Chefkoch Peter Lerner mit 12 ausgewählten Jungköchen zubereitet wurde.
Zu jedem servierten Gang präsentierte einer der Teilnehmer sein poetisches Werk, für welches er lediglich eine Woche Vorbereitungszeit hatte. Dem Literaten blieb es überlassen, ob er die Jury mit Prosa, mit Lyrik oder einer gespielten Szene überraschte. Der Kreativität der Buchstabenkünstler waren fast keine Grenzen gesetzt.

Der persönliche Geschmack des Publikums und die professionelle Meinung der prominent besetzten Jury trug dazu bei jeweils drei Tagessieger zu ermitteln, welche am 24. Oktober 2007 im Finale um den Hauptpreis von EUR 2.000,00 sowie um eine außergewöhnliche Trophäe in Form einer Buchstaben-Schneekugel, kämpften.

Als Jurymitglieder fungierten: Eva Feitzinger, Andreas Beck, Miguel Herz-Kestranek, und Ernst Hinterberger, sowie das anwesende Publikum.

Die Idee und die überaus charmante Moderation der Buchstabensuppe wurde von der Schauspielerin und Kabarettistin Elisabeth-Joe Harriet durchgeführt.

VORWORT

VORWORT DER HERAUSGEBERIN

Elisabeth-Joe Harriet

Es begann alles vor etwa 10 Jahren mit dem Lachssteak an Zitronenbutter. Christoph Braendle scharte einige Autorenkollegen zu einem Stammtisch im Wein-Comptoir in Wien um sich. Dort entstand dann die Idee, Autoren doch einmal zum Essen schreiben zu lassen. Gesagt, getan. Es waren unser vier, die jeweils einen Gang des Menues zugeteilt bekamen und eine Woche Zeit hatten, dazu etwas zu Papier zu bringen, das wir dann, bevor die Gäste die jeweilige Speise serviert bekamen, zu Gehör bringen sollten. Und ich bekam eben das Lachssteak mit Zitronenbutter, woraus eine Szene entstand, die ich in reminiszentischer Manier an den Schluss dieses zweiten Bandes der Edition Wimberger gereiht habe.
Der Abend damals im Wein-Comptoir kam sehr gut an, aber es gab keine Fortsetzung. Vielmehr übergab mir Christoph Braendle das Projekt mit den Worten: „Mach damit, was Du willst!"
Und so reifte in mir die Idee, daraus einen Literatur-Wettbewerb zu machen und im ARCOTEL Wimberger fand ich schon im Vorjahr einen kongenialen Partner.
Nach einer äußerst erfolgreichen BUCHSTABENSUPPE 2006 war klar, dass die Direktorin des „Wimberger", Isabella Pömmer, auch heuer wieder 2000 Euro als Preisgeld, 3 extra angefertigte Buchstaben-Schneekugeln und ihr Marketingteam unter Leitung von Christian Blaschke zur Verfügung stellte. Ja, und dann durfte ich loslegen.
In Andreas Beck, dem Direktor des Wiener Schauspielhauses und großem Förderer neuer Theaterliteratur, fand ich einen trefflichen Vorsitzenden der Jury. Dr. Eva Feitzinger, die Jury-Vorsitzende des Vorjahres, war mir wieder bei der Autorensuche behilflich.
Und diese stellte sich erneut als eher schwierig heraus. Es ge-

hört schon eine ordentliche Portion Mut dazu, in nur einer Woche einen 5-10 minütigen Text (Gedicht, Prosa oder Szene) rund um ein Gericht zu verfassen und sich damit dann einem Wettbewerb zu stellen.
Die prominente Jury bestand weiters aus dem Autor Ernst Hinterberger, dem Schöpfer der Kult-Figur „Mundl", Miguel Herz-Kestranek, dem Schauspieler, Autor und Vizepräsidenten des österreichischen PEN-Clubs, Isabella Pömmer und mir.
Neben den literarischen Beiträgen galt es aber auch die Jungköche zu prämieren. Denn wir haben es ja bei der BUCHSTABENSUPPE, wie der Name schon sagt, mit einem Literatur & Kulinarik Preis zu tun. Hier stellte der Küchenchef Peter Lerner neben dem „Duch", dem Standard-Lexikon der Köche, als Preis ein ganz spezielles dreißig Mal gefaltetes Küchenmesser zur Verfügung.

Bevor allerdings die Literatur-Juroren ihre Stimmen abgaben, wurde immer die Publikumsmeinung bezüglich Literatur und Kulinarik ermittelt. Sozusagen die Stimme des Volkes, das sich hier einmal in einen Wettbewerb voll eingebunden fühlte.

Wie sahen nun die Wettbewerbs Regeln und das Prozedere aus? Im Oktober 2007, jeweils am Mittwoch, sollten in 3 Vorrunden die literarischen und kulinarischen Finalisten für die Endausscheidung am 24. Oktober gefunden werden. Zu diesem Behufe kreierte Küchenchef Peter Lerner 4 Menüfolgen, die der österreichischen Küche frönten, Eva Feitzinger und ich erwürfelten die Aufteilung der Autoren für die 3 Vorrunden und Christian Blaschke bemühte sich um die Medien-Kommunikation. Immer eine Woche vor den drei Vorrunden-Terminen am 3., 10. und 17. Oktober 2007 schickte ich den jeweils 4 Autoren den zu bedichtenden Gang.
An den Abenden selbst wurde zuerst ein Gang gegessen und danach das von den Literaten dazu geschriebene Werk gelesen. Und dieser Ohren- und Gaumenschmaus war eine Freude für das gesamte Gemüt.

Sie, verehrte Leser, werden in diesem Buch diese 4 Abende in Rezept- und Literaturfolge genau nachvollziehen können.

Ich wünsche Ihnen viel Lesevergnügen und gutes Gelingen beim Nachkochen.

Elisabeth-Joe Harriet

VORWORT DES JURY-VORSITZENDEN

Andreas Beck

Wenn ich von nun an, an's Wimberger denke, dann höre ich Literatur. Denn ich hatte dort ein köstliches Vergnügen: Diners mit Prosa umgarnt. Vier Abende lang konnte ich in „WIMBERGERs Restaurant" herrlich speisen und wurde dabei bestens unterhalten. „Buchstabensuppe" hieß der Soiree-Reigen und war die Idee von Elisabeth-Joe Harriet.
Zwar erinnert der Titel zunächst an eine liebe Kindheitserinnerung: an jene kleinen Nudeln, die als Beilage in Hühner- oder Rindssuppen gegeben, den Essakt spielerischer gestalten. Mein Tellerrand wurde umgehend zur Schreibunterlage, die aus der Suppe gefischten Nudeln in Silben und Worte verwandelt.
Bei der Wimberger'schen Buchstabensuppe reichten Buchstaben oder Silben allein nicht, neue Geschichten sollten nicht auf, aber am Tellerrand erfunden werden! Ziel unserer Abendessen war es, Dichtung und Kochkunst zu einer ungewöhnlichen und glücklichen Alliance zu verhelfen. Junge Literaten trafen auf „Jungköche". Die Praktiker der Küche ersannen ein Menü, das zur Aufgabe wurde. Nicht bloß für die Köche galt es nun das Erdachte in die Tat umzusetzen, die Menüfolge wurde auch zur Chance für die Literatur: denn die Schöngeister hatten die Gerichte zu bedichten. Und während die einen kochten, verdichteten die anderen ihre Gedanken über den zugeteilten Gang zu einer Geschichte.
Was daraus Köstliches wurde, können Sie nun nachlesen. Aber damit sollten Sie es nicht bewenden lassen; mein Tipp: werden auch Sie kreativ, machen eine „Nachlese" und benutzen Sie das Büchlein als Gebrauchsanleitung für ein Privatissimo mit Freunden. Kochen und rezitieren Sie aus der „Wimbergerschen Buchstabensuppe". Ich bin sicher, Sie werden viel Freude haben – ob unsere Sieger, auch ihre Favoriten sind?! Nun, über Geschmack und Kunst lässt sich bekanntlich herrlich debattieren. Viel Spaß!

Andreas Beck

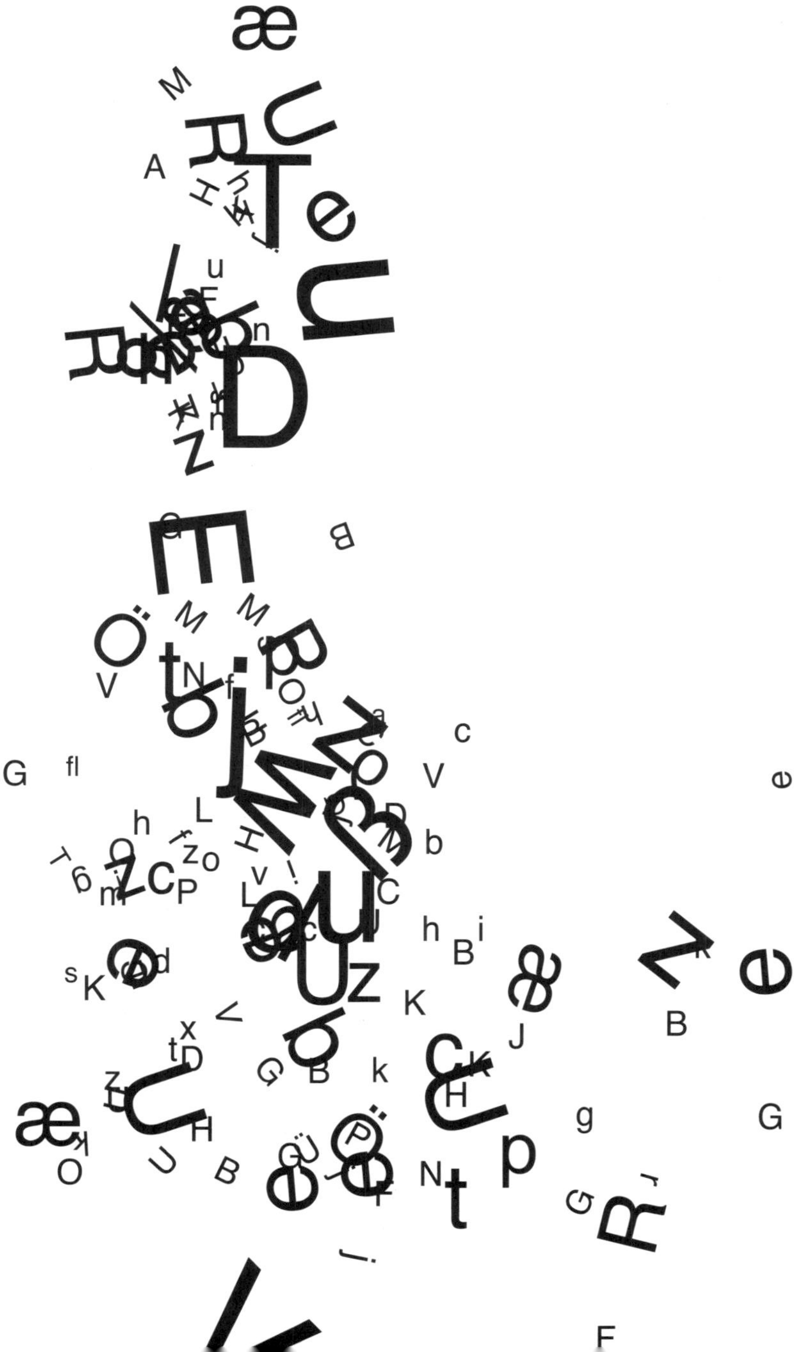

Elisabeth-Joe Harriet

Ernst Hinterberger

Miguel Herz-Kestranek

Andreas Beck

Eva Feitzinger

Wolfgang Kühn

Peter Bosch

Christine Velan

3. OKTOBER 2007

Wildrahmsuppe mit Wachtelei und Ingwerchips

Joghurt-Schafkäseterrine mit Paradeisergelee
auf Basilikumcreme

Lammrückenfilet im Schwammerlbiskuit
auf Zweigeltessenz, dazu glacierte Kaiserschoten

Ein Nuss-Marzipankoch
an Eierlikörschaum

WILDRAHMSUPPE MIT WACHTELEI UND INGWERCHIPS

Brauner Wildfond (Hoffe jeder Hobbykoch kennt sich aus) ist vorhanden oder kann gekauft werden. 2 EL glattes Mehl braun anrösten, mit Fond aufgießen und gut aufkochen lassen. Danach mit Apfelmus und wenn notwendig mit Salz und Pfeffer nachwürzen.

Vor dem Anrichten mit Rotwein verfeinern und mit Schlagobers dekorieren. Das Wachtel-Spiegelei obenauf, dazu hauchdünne Ingwerchips aus dem Backrohr.

EIN GALANTES FEST

Christoph Braendle

Sie sind jung, sie sind schön, sie sind verliebt und sie treten Hand in Hand durch das Tor, das die Parklandschaft begrenzt. Mandolinen- und Lautenspiel, Springbrunnen, Marmor und Muschelgrotten. Die Lichter von Lampions und Kerzen. Damast auf der Tafel, Porzellan, Silberwaren und Kristall. Es erscheint ihnen wie das Paradies. Das ist ihr Abend. Er wird ihre Liebe, ihre Lebenszeit, ihr Schicksal für immer besiegeln.
Sie nehmen Platz. Ein Ober tritt heran. Er giesst Champagner ein, dann reicht er das Menü. Er zieht sich zurück. Der junge Mann lächelt. Er öffnete das Menü. Was erwartet uns?, sagt er, schaut seiner Begleiterin in die Augen. Sie strahlt. Sie hat das Gefühl, dass ihr die Welt gehört und mehr. Wildrahmsuppe mit Wachtelei und Ingwerchips, liest er. Klingt gut, sagt sie. Er nickt. Wildrahmsuppe mit Wachtelei und Ingwerchips, wiederholt sie. Es klingt verträumt, es klingt wie eine Verheissung, ein Versprechen, ein Schwur.
Da steht plötzlich eine bizarre Gestalt neben dem Tisch. Schwarzes Gewand. Schlohweisses Haar. Fahle Haut. Augen glühend rot und tot zugleich. Abscheu packt die jungen Menschen, ein Anflug von Angst. Hütet Euch!, zischt die Gestalt, hütet Euch, wenn ihr nicht den gleichen Abgründen verfallen wollt wie ich, wenn ihr nicht durch Höllentore schreiten wollt wie ich, wenn ihr nicht einer endlosen Verzweiflung anheim fallen wollt: wie ich. Hütet Euch vor dieser Suppe, die so harmlos klingt.
Der Alte hebt die Hand. Er scheint zu wachsen, über sich selbst hinaus zu wachsen, und auch seine Stimme ist nun mächtig und laut. Hört mich an, ruft er, und hört mir zu, hört auf die Worte und auf den Klang. Diese wuchtige Alliteration von wild und Wachtel. Das muss doch misstrauisch machen, es muss zur Vorsicht gemahnen und die Vermutung fördern, dass sich da eine Absicht verbirgt. Aber welche? Ihr könnt es nicht wissen, ihr seid jung, ihr seid unverdorben, ihr ahnt noch nicht einmal, dass es sich bei dieser Speise um etwas Verruchtes handeln könnte, dass sie Gift sein könnte für euch und eure Liebe. Wildrahmsuppe, ja, das klingt gut, das klingt nach Abenteuer, nicht wahr, aber ihr wisst ja noch nicht einmal, ob der Rahm wild ist oder die Suppe. Ihr vermutet vielleicht, dass sich in diesem schönen Ganzen ein kleines Wagnis versteckt, aber wisst ihr denn, dass Köche Zauberer sein können, Schamanen, Magier und Hexenmeister?
Es reicht jetzt, es ist genug, gehen Sie, gehen Sie!, ruft endlich die junge Frau. Sie will sich die schöne Stimmung nicht verderben lassen. Der Mond steht immer noch hell und rund am Himmel. Musikfetzen. Kerzenlicht. Das ist der reine Schwachsinn!,

meint auch der junge Mann.
Ich weiss, wovon ich rede, grollt der Alte. Er lässt sich nicht beirren. Es ist lange her, sagt er, da sass ich auch an diesem Tisch, war verliebt und glaubte, dass mir die Zukunft gehöre. Ich war gefangen genommen vom Moment, von Bewunderung überwältigt, unfähig, mich von der Anziehung des Wunderbaren loszureissen, vom Zauber dieser Herrlichkeit, die an ein mehr göttliches als menschliches Werk denken liess. Ich wusste nicht, dass Köche Anstifter, Verführer und Verderber in einem sind. So musste ich im eigenen Leben erfahren, wie ein unschuldiges und naives Wesen verdorben wurde von einem einzigen Mahl, und zwar so sehr verdorben, dass es von Sinnen geriet und alles von sich warf, was ihm an guten Sitten, an Anstand und Verstand bislang selbstverständlich gewesen war; und in einen Zustand der Raserei geriet. Haltlos wurde meine Verlobte, hemmungslos, bis sie am Ende ihre Seele verlor.
Die Stimme des Alten klingt jetzt schrill. Die Köche, das Kochen!, schreit er, allein die Doppelbedeutung des zweiten Wortes müsste stutzig machen, denn Kochen heisst zwar das Essen zubereiten, Essen machen und Essen richten, aber es bedeutet auch sieden, es bedeutet in Rage geraten, es bedeutet wütend sein und toben. Redet man nicht von der Volksseele, die kocht? Redet man nicht von einer Erregung, die überkocht? Hütet euch vor den so harmlos klingenden Deklarationen der Köche. Sie sind Alchemisten, Meister der Suggestion, Hohepriester der Täuschung, welche Täuschung auch eurer Suppe innewohnt. Die wilde Wachtel, die sich so schamlos in den Vordergrund drängt, versteht vom Eigentlichen abzulenken. Sie ist in einem gewissen Sinne nur der Pudel, aber nicht sein Kern. Der Kern, das ist der Ingwer, das sind die Ingwerchips. Der Ingwer, zu dessen Familie auch die Galanganwurzel und die Kardamonpflanze gehören, ist kreislaufanregend und allgemein stimulierend, man weiss das, aber der Ingwer gilt nicht von ungefähr in fast allen Kulturen als tückisches Aphrodisiakum. Ingwer entzündet den Körper, er verursacht Hitze und Feuer, er weckt erotische Gefühle und erregt die Sexualorgane, in einem Wort, er entgrenzt. Peinigende Innerlichkeiten sind die Folge, Ekstasen in vormals reinen Seelenlandschaften, leidenschaftlicher Schwermut, Sucht und Laster. Und was bleibt? Leere und die Sehnsucht nach dem verlorenen Paradies. Hütet euch also vor dieser Suppe, zischt die beängstigende Gestalt, sie öffnet eine Tür. Aber was ist dahinter? Stille, Nichts.
Die jungen Menschen schauen sich an. Wie eine eiskalte Faust hat das Entsetzen ihre Seelen gepackt. Sie reichen sich die Hände. Sie suchen Schutz. Sie suchen in ihrer Liebe Kraft.
Wie sie aufschauen, ist der Alte verschwunden. Ein kühler Wind kommt auf. Der Park liegt vereinsamt und kalt. Der Himmel ist schwarz.

JOGHURT-SCHAFKÄSETERRINE MIT PARADEISERGELEE AUF BASILIKUMCREME

125 g Joghurt mit 3 Blatt Gelatine, Salz, Pfeffer, Knoblauch vermengen und zusammen mit in Kräutern gewälzten Schafkäsewürfeln in einer Form einlegen und kalt stellen.
Tomaten entkernen, schälen und pürieren. Mit Salz und Pfeffer würzen, mit zwei Blatt Gelatine binden und die erkaltete Terrine übergießen.
Dazu Joghurt mit gehacktem Basilikum reichen.

Koch: Werner Heinz

DAS TERRINEN-DILEMMA

Christian Hamerle

„Warum haben die Pandabären rund um ihre Augen schwarzes Fell? – oh Gott! Ich hab keine Ahnung was ich schreiben soll! Jetzt, sieben Stunden vor dem Abgabetermin und nach fast einer Woche Recherche, steh' ich mit nichts da, außer einer kräftigen Panikattacke und einem ganzen Haufen verworfener Ideen. Rachmaninows Dritte läuft im Hintergrund und David Helfgott hämmert mir ins Ohr: ‚Du kannst das nicht, du bist das nicht, das ist nicht deins', das Klavier galoppiert wie ein wild gewordener Hengst über meine Nerven und lässt mich spüren, dass ich es bleiben lassen sollte, mit meiner Schreiberei an die Öffentlichkeit zu gehen – schon gar nicht unter den gegebenen Umständen: Ein paar Minuten Zeit um eine Geschichte rund um ein Gericht vorzutragen? – Mich muss der Teufel geritten haben, denk' ich mir und bete weiter ..."

„Christian! Was is' los mit dir? So schön hast du dir in den letzten Tagen zusammengereimt, wie du dem lieben Publikum die Zeit zwischen dem zweiten und dritten Gang vertreibst. Du weißt schon, so in etwa: ‚Ihr Menschen! Das ganze Universum weiß was gut und böse is', nur IHR habt es immer noch nicht begriffen' oder ‚ich bin du und du bist ich', solche Sätze hätte ich mir von dir erwartet, aber kein Raunzen darüber, dass deine Dichterei und das Gericht, das du beschreiben sollst, nichts miteinander zu tun haben – was im übrigen nicht stimmt mein lieber Freund! Der Koch verdichtet eine ganze Menge Zutaten und Gewürze miteinander und macht hoffentlich was Liebevolles daraus... nichts anderes macht ein Geschichtenerzähler, also los, fang an zu verdichten!", kindlich gerührt von meiner inneren Stimme, wie man es um fünf Uhr morgens beim Schreiben gelegentlich sein kann, machte ich mich also sofort ans Werk:

Die Joghurt-Schafskäs'Terrine
Mit gschmackig'm Paradeisergelee
Die is' ganz guat für die Linie
Und kummt daher im Basilikumschnee

Ei fein! Denk ich mir bei diesem Anblick
Hab ich mit mei'm Abendmahl heute ein Glück!

Ich hoff es is euch am Gaumen Gedicht
Und das ist jetzt endlich des End von da Gschicht ...

Geh' Bitte! So ein Schwachsinn! Herrgott! „Der Sex-Appeal dieser Terrine ist so gering, dass mir nichts als dieses dilettantische Gedicht einfällt, da kann sich mein inneres Kind noch so bemühen, schöpferisch zu sein – der Dichter ist blamiert! – nicht dass die Menüerfinder was dafür könnten, vielmehr ist es meine Unfähigkeit, dem zweiten Gang dieses Diners die nötige Liebe entgegenzubringen um eine Geschichte daraus zu machen.
Wenn's wenigstens um ein zartes Kobe-Rind gehen würd' oder ich eine weiße Trüffel am Papier zum Tanzen bringen müßt – aber Nein: ‚Schafskäs'philosophien mit Sprachmißbrauchsdiskussion zum Thema Tomate oder Paradeiser, ist alles was mir zu diesem Gericht einfällt – schreckliche Herausforderung – da kommen dem schwarzen Humoristen in mir nur unangenehme Gedanken zum Thema Anschluß an Deutschland in den Sinn – und bei all meiner Liebe zu großen Themen, so was hat hier in meinem literarischen amuse-geule nichts verloren!"

„Wenn ich euch im Magen liege, habt ihr mich hoffentlich in wohlwollender Erinnerung", meldet sich plötzlich der Schafskäs' zu Wort ... Das ist es!: Ich könnte den Schafskäs eine Ode sprechen lassen. Genau! Der wär dann unheimlich eloquent und humorvoll, würd' über die Sinnlosigkeit der Demokratien wettern und eine links linke Aristokratie als neues Gesellschaftsspiel und Alternative zum weltpolitischen Zirkus anbieten. Boa! Und dann könnt' uns die Basilikumcreme auch noch verraten, dass nicht der Sex, sondern das Essen die Mutter unserer Lüste is' und die Literatur die Mutter des Geistreichs. Ja, Ja! – vielleicht meldet sich auch noch das Joghurt zu Wort und sagt so was g'scheites wie: ‚Die Literatur ist immer nur dann unverdaulich wenn Sie ausschließlich im Kopf landet' – Na bestimmt! Und am Ende is wieder der Schafskäs' dran und verabschiedet sich mit den Worten: ‚Bis dass der Stoffwechsel uns scheidet'

Nein, nein, nein, all das widerstrebt mir – ich erfinde keine Geschichten, Handlungsstränge und Erzähler, das überlass' ich den Schriftstellern. Ich dichte und ich halte meinen Text weder für prosaisch noch lyrisch. Ich glaube auch nicht, dass er als Szene bezeichnet werden kann. Er ist schlichtweg eine Beichte darüber, dass es mir nicht geglückt ist, hier und heute Denkanstöße zu schenken – und keinen geringeren Anspruch stelle ich beim Schreiben an mich!
Immerhin: Die Panikattacke hat sich mittlerweile verflüchtigt, ich weiß jetzt, dass ich sobald an keinem Lesewettbewerb mehr teilnehmen werde und anstatt die Hände noch länger für's Stoßgebet zu falten komm ich jetzt endlich zum Schluß: Meine Angst,

euch ein paar Minuten in den Ohren zu liegen, ist beinahe weg. Und sollte sich ein Magen von meinen Worten peinlich berührt fühlen, so möchte ich jetzt schon dafür um Verzeihung bitten.

Bleibt mir nur noch die eine Frage zu beantworten, was es denn mit den pechschwarzen Ringen um die Augen der Pandabären auf sich hat: Tja, die Pandas haben sich der Menschen wegen die Augen ausgeweint, so wie die Dichter … und die Köche? Die machen's wieder gut! – schon beim nächsten Gang, Sie werden sehen!

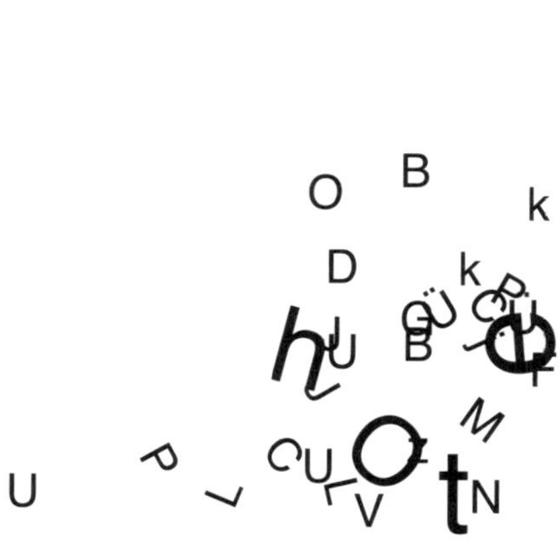

LAMMRÜCKENFILET IM SCHWAMMERLBISKUIT AUF ZWEIGELTESSENZ, DAZU GLACIERTE KAISERSCHOTEN

150 g Eierschwammerl waschen, putzen, schneiden und unter eine salzige Biskuitmasse heben. In Spiegeleiformen gießen, bei 210 Grad backen und fertig ist das Schwammerlbiskuit. Das Weidelammrückenfilet (150 g) mit Salz, Pfeffer und frischem Rosmarin würzen.

In der Pfanne von allen Seiten anbraten (rosa Kern!), Eierschwammerl und Kaiserschoten mitbraten, mit einem Schuss Weißweinessig ablöschen und eventuell mit einem Schluck Wildfond vollenden.
Schwammerlbiskuit auf das Lammfilet legen und in 2 Hälften schneiden. Mit Schwammerl-Kaiserschoten umringen und mit reduzierter Sauce napieren. Dazu ein Stämmchen Rosmarin.

Koch: Daniel Wunderlich

DER LAMMRÜCKEN GOTTES
oder JFC will nicht sterben

Peter Bosch (Sieger Runde 1)

„Nein, nein, nein!“, JFC kam heftig gestikulierend die Weingärten herauf gerannt, ließ sich neben mir ins Gras fallen, seufzte, resignierend, verschränkte die Arme hinter dem Kopf, starrte in die Wolken.
„Ist Er wirklich dort oben?“, ich sah ihn fragend an, skeptisch.
Er drehte den Kopf zu mir, auf seine Art abwesend: „Wer?“
„Dein Vater.“
Er schüttelte den Kopf, hatte ein paar Grashalme in den Haaren: „Nein.“ Und dann setzte er sich halb auf, war plötzlich sehr da, stütze sich auf die Ellbogen, sah mich an: „Nein, überhaupt nicht, aber dort ist noch am ehesten nichts.“
Ich hätte die Sache mit seinem Vater nicht aufs Tablett bringen sollen, ich wusste, wie JFC darauf reagierte, manchmal machte es ihn zornig, meistens aber nur traurig. Er war immer noch nicht mit ihm im Reinen, Väter sind ein eigenes Kapitel, zu stark oder zu schwach, fast nie ideal, und oft müssen sie sterben, um die Söhne freizulassen, aber in dieser Hinsicht war JFC wohl chancenlos. Manchmal war seine Stimme so leise, dass ich ihn kaum verstand, er sprach mit der Luft. „Weißt du, ich will nicht schon wieder, einmal reicht.“
Ich konnte ihn gut verstehen, aber ich hatte auch die Gnade der späten Geburt, mein Vater arbeitete in einer Brauerei, meine Mutter war Buchhalterin, alles in allem also keine Gefahr. Und es war eine andere Gefahr, aus der mich JFC rettete – so lernte ich ihn kennen – im Wald, als ich Pilze brockte, ich, der eines ganz sicher nicht war: Schwammerlsucher, der keine Art von der anderen unterscheiden konnte, bis zu dem einen Tag, als mir eine Gruppe Herrenpilze zwischen den Bäumen entgegenstrahlte, sonnenbeschienen, leuchtend, verführerisch – bis sich mir eine Hand auf die Schulter legte: „Besser nicht, glaub mir: wenn sie etwas nicht sind, dann Pilze des Herrn.“ So lernte ich JFC kennen und begann zu glauben.
Aber jetzt war Nachmittag, wir lagen in den Weinbergen, Strebersdorf, der Bisamberg, blickten über Wien, und ich fragte JFC, warum gerade Wien. Er lachte (er konnte das erstaunlich gut, viel besser als man gemeinhin von ihm annahm), legte mir die Hand um die Schulter, schob sich eine Weintraube in den Mund, bot mir keine an, weil er wusste, dass ich die Kerne hasste, deutete auf den Dunst der Stadt unter uns, Spätsommertag: „Es war Seine Idee, lang vorausgeplant, die Stadt der Todessehnsucht,

er hat geglaubt, er macht es mir damit leichter."
Er ließ sich wieder ins Gras fallen, konnte nicht lange aufrecht sitzen, sein Rücken schmerzte immer noch, seit der Geschichte mit dem Kreuz spürte er Phantomschmerzen, die er nicht los wurde. Und jetzt sollte es wieder so weit sein, das Lamm Gottes, das man zur Schlachtbank trieb. Er wollte nicht mehr. Der Wein schmeckte ihm auch so, ohne dass er hinwegnimmt die Sünden der Welt.
„Die sind alle noch da", sagte er, brach sich eine ganze Rebe ab, stopfte sich die Trauben eine nach der anderen in den Mund (göttlicher Mund): „Wirklich, ich hab's satt, Er glaubt doch nicht im Ernst, dass sich diesmal etwas ändert. Angeblich hab ich sie damals alle erlöst, aber schau dich einmal um, ehrlich, sieht die Welt auch nur ein kleines bisschen erlöst aus?! Er ist ein sturer Bock, und ich soll das Lamm sein. Diesmal nicht!"
Ich hatte keine Antwort für ihn, steckte mir geistesabwesend auch eine Traube in den Mund, lutschte lustlos daran herum, bis ich die Kerne spürte und vor der Frage stand: schlucken, zerbeißen, ausspucken – alles drei war mir zuwider und eine lose-lose Situation, für mich wie für ihn: „Und – was willst du machen?"
Er hob und senkte die Schultern: „Nichts. Vielleicht ist es nicht schlecht, dass es gerade Wien ist. Ich warte einfach, dass nichts geschieht."
Ich stand auf und schlug einen Heurigen vor, diese Weingärten hatten mich durstig gemacht, und ich sah, dass JFC selbst nicht an seine Theorie glaubte. Ich hatte seinen Vater noch nie leiden können.
JFC nahm mich bei der Hand, drückte sie: „Bleib noch da, verlass mich nicht in dieser Stunde." Manchmal kam das Alte auch bei ihm noch durch.
Langsam wurde es dunkel, und dann ging alles ganz schnell.
Es war wolkenloser Himmel, deshalb wunderte ich mich, von wo der Donner herkam. Wenn ich nicht hinauf geschaut hätte, um zu sehen, wo das Gewitter stand … vielleicht … ich weiß nicht …
Der Traktor verlor den Halt im weichen Erdreich (vom Regen der vergangenen Tage), die talseitigen Reifen rutschten weg, er kippte, rammte die Kreuzwegstation Nr. 10, riss sie mit sich und alle beide den Weinberg hinunter, eine tiefe Schneise in den Hang hinein, kurz über uns kam dann das Traktoren-Kreuzweg-Weinstock-Konglomerat zum Stillstand, nur das kleine Holzkreuz wurde noch weggeschleudert, in hohem Bogen, es war kein Zufall, und ich hasste Ihn dafür, und dann, in der Art wie man Vampire pfählt, mitten hinein in JFCs Brust, ein Stück unter seinem Herzen.
Es klingt pathetisch, und es war es auch: der Sonnenuntergang,

das Blut, der Geruch von Benzin und zerpressten Trauben, ausgerissene Stöcke und eine tiefe Furche im Weinberg: so starb Jesus F. Christus in meinen Armen.

Das ist jetzt zwei Jahre her, und was mich immer noch beschäftigt: ich habe ihn nie danach gefragt, wofür das F. in seinem Namen eigentlich steht.
Zu spät.

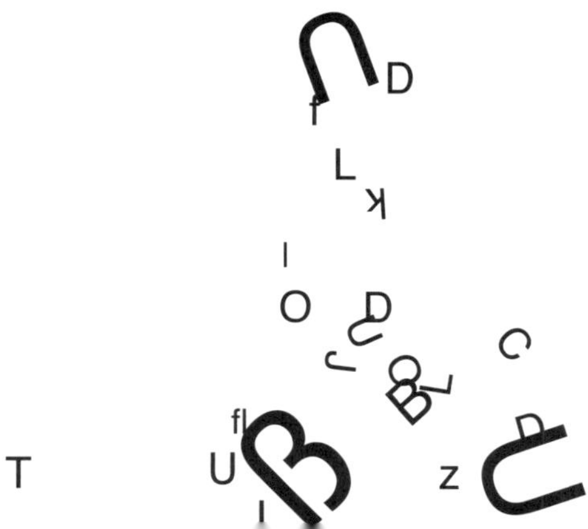

EIN NUSS-MARZIPANKOCH AN EIERLIKÖRSCHAUM

200 g Toastbrot entrinden, in kleine Würfel schneiden
und in Nusslikör, Weinbrand sowie 2 dl heißer Milch tränken
und danach pürieren. 80 g Butter mit Salz und Vanille
schaumig schlagen, 4 Dotter und das Toastbrot hinzufügen.
4 Eiweiß mit 80 g Zucker zu Schnee schlagen und unter die
Masse heben.
90 g Walnüsse und kleine Marzipanstücke beimengen.
In gefettete und gezuckerte Form geben und
im Wasserbad bei 200 Grad ca. 35 Minuten pochieren.
Vanillesauce kochen, mit Eierlikör verfeinern
und mit Schlagobers montieren.

Koch: Philipp Sztasek

EIN NUSS-MARZIPANKOCH AN EIERLIKÖRSCHAUM

Ewald Baringer

Lieber Eierlikörschaum!

Kaum lernen wir einander kennen, ist's auch schon wieder Zeit für den Abschied. Fürs finale Dessert sind wir einander bestimmt, als süßer Abschluss kulinarischer Wonnen, zugleich überleitend in ein unbestimmtes Après, dabei allemal vorhersehbarer, als uns lieb sein kann. Also bleibt bloß eine kurze Weile, um dies und jenes zu sagen, obwohl jenes – und auch dies – durchaus entbehrlich wäre. Wie wir wissen. Wie ja ebenso die Fresser im Grunde nur noch dies oder jenes an Entbehrlichem absondern, bevor auch sie früher oder später …

Mag uns das zum Trost dienen? Ich glaube nicht …

Immerhin kommt es jetzt nicht mehr darauf an, sich ein Blatt vor den Mund zu nehmen, allenfalls eine Serviette, la contenance! Jetzt keine Rücksichten mehr, das ist recht und billig, um nicht zu sagen wohlfeil wie der Preis des Wimberger-Buchstabensuppen-Menüs, dem wir finalisierend eben angehören, ein Preis, der, wie ich vernahm, kaum zwanzig Euro ausmachen soll.

Wenn man bedenkt, dass der kürzlich erfolgte Besuch des bairischen Oberapostels unser Gastgeberland satte acht Millionen Euro gekostet hat...acht Millionen Euro, das sind vierhunderttausend Wimberger-Buchstabensuppen-Menüs, die kann der hartleibige heilige Mann in zehn Leben nicht verfressen. Polemik, was soll's? Für zwanzig Euro tankt man siebzehn Liter Benzin, damit kommt man ungefähr hundertsechsunddreißig Kilometer weit, also Wien-Bratislava und retour, oder one way nach Amstetten, Bad Blumau, Schrems, Litschau, Brünn, Zlin, mit knapper Not auch Györ. Nicht aber nach Lübeck, Königsberg, Toledo …

Von zweierlei Bäumen stamme ich ab, einem Nussbaum, dessen Schatten heiligen Trinkern im Sommer willkommene Kühlung schenkt, und einem Mandelbaum, dessen Blüten im Frühling den für die Reize der Botanik empfänglichen Frischverliebten das reine Entzücken auf die leicht erhitzten Wangen zaubert. Beide werden mich überleben, ist zu vermuten, mein Abgang ist ja kein Verlust, sondern Zwischenstadium, Antrieb zu neuen Blüten, Früchten, herbstlichem Erntesegen. Ersetzbar sind wir alle,

das ist die Wahrheit, die keiner hören will. Was länger bleibt, sind Wälder, Wiesen, Berge, Bäche, Meer und Himmel. Ein Kreislauf, scheinbar ohne Ende, Perpetuum Mobile in wechselnder Besetzung, scheinbar …
Mag uns das …? Zum Trost?

Marzipan also, kochende Nüsse, schäumende Eier. Ein viriles Gespann sind wir, ausgeliefert dem schnöden Oralverzehr. Welch potente Optionen stünden uns offen, ließe man uns walten! Es heißt doch, die Liebe gehe durch den Magen. Schön, und dann? Wohin geht sie dann? Aber egal, auf wessen Zunge immer wir zergehen, wir sind das Zünglein an der Waage, das Gedicht des Abends, der Tupfen auf dem I. Nach uns kommt lange nichts, ein kurzer Espresso allenfalls, ein milder Grappa, ein Nusserner, schlimmstenfalls ein obskurer Kräuterlikör, alpenländischer Jägermeister oder sizilianischer Amaro – kein Amaretto!

Mag das uns dienen? Ich glaube nicht, zum Trost …

Mein lieber Eierlikörschaum, das Vergnügen war ein kurzes. Bringen wir's hinter uns. Adieu, es war famos, und manchmal wird man unsrer sich erinnern, auch das kein Trost, zur Unzeit hochzurülpsen im Verein mit Ingwerchips und Kaiserschoten. Die Uhr läuft ab, man schreibt und redet gegen Wände, auf denen Zeichen stehen. Willfährig lassen wir uns konsumieren, gleiten die Münder einwärts und die Schlünde abwärts unter vielem „Ah" und „Oh" und „Mmm" und harren der unausweichlichen Metabolie, dem Ende aller Komplimente.

Mit freundlich letzten Grüßen
(D)ein Nuss-Marzipankoch

10. OKTOBER 2007

Pilzreduktion mit gebackener Blutwurst

Ein Hauch vom „Wels“ in der grünen Au

Beiriedschnitte in vollem Korn
mit Schalotten-Paprika Konfitüre

Einspännermousse mit Fingerbiskotten
und Moccasüppchen

PILZREDUKTION MIT GEBACKENER BLUTWURST

250 g Pilze leicht anrösten und mit Gemüsefond ablöschen. Mit frischem Majoranblatt und Rosmarinzweig aromatisieren und ca. eine halbe Stunde köcheln und anschließend abkühlen lassen. (Vorbereitung am Vortag) Mit halb aufgeschlagenem Eiweiß klären.

2 Scheiben Blutwurst (1/2 cm dick) schneiden, in Weißbrotpanade wälzen und anschließend in Butterschmalz backen. Mit 2 Stück gebratenen Steinpilzscheiben in der Suppe, darüber Blutwurst am Spieß, anrichten.

PILZREDUKTION MIT GEB. BLUTWURST
oder: mein Koch und ich

Patricia Brooks

Hat es Ihnen geschmeckt? Die gebackene Blutwurst und die Pilze? Fein, das freut mich. Sie haben wirklich Glück. Mit meinem Koch. Ein Riesenglück. Schließlich hat mein Koch Ihnen nicht nur ein hinreißend raffiniertes Häppchen vorgesetzt, schmackhaft und hübsch anzusehen. Er hat sich dabei auch ernsthaft um Ihre Gesundheit gesorgt. Ich meine, wann passiert einem das schon, dass man von der Küche aus therapiert wird? Mein Koch ist da sehr gewissenhaft und hygienisch, hat ganz bestimmte Vorstellungen, welche Krankheiten Sie plagen: Fußpilz, Nagelpilz, Darmpilz ... Und wo diese schlauchförmigen Fäden eines geheimnisumwitterten Organismus ohne Blattgrün sonst noch in ihrem Körper herumlungern, will ich mir gar nicht erst ausmalen. Brauche ich auch nicht, denn mein Koch hat alles im Griff und sich daran gemacht, Ihrem Pilzbefall mit gebackener Blutwurst zu Leibe zu rücken.
Ja ja, das hat ein bisschen was von Voodoo an sich. Zaubersprüche und schwarze Magie. Auch wenn mein Koch keinen Hühnern den Kopf abschneidet und keinen Püppchen Nadeln durch den Körper sticht. Heute zumindest nicht. Was das Köpfen der Hühner betrifft. Heute geht es um die Wurst. Die Blutwurst. Die älteste bekannte Wurst, die schon mindestens 3000 Jahre Kulturgeschichte auf dem Buckel hat. Das ist eine Art Verpflichtung. Man muss sie gut behandeln. Mein Koch zieht also erst einmal der Wurst behutsam die Haut ab und schneidet sie danach in ca. eineinhalb Zentimeter dicke Scheiben. Diese Wurst aus Schweineblut und Schweinefett, geschmorten Zwiebeln, Majoran und Thymian. Diese archaische Wurst, die schon in der Antike von den Krieger auf dem Schlachtfeld hergestellt wurde. Und fragen Sie mich bitte nicht, welches Blut dafür verwendet wurde. Ich möchte dazu keine verbindliche Aussage treffen, sage ich und mein Koch verdreht die Augen. Er hat keinen Humor, aber einen zartfühlenden Charakter. Liebevoll er paniert die Wurstscheibchen und bäckt sie in heißem Fett heraus. Dass sie ihm bloß nicht zerfallen, so ohne Haut und Halt! Haltlos wie die Römer beim Lupercalienfest, wenn sie sich zu Ehren des Gottes Faunus Blutwurststückchen auf der Zunge zergehen haben lassen. Und dabei hatten sie bestimmt Sex. Da wette ich drauf, auf diese alte, mythologische, erotische Wurst. So heidnisch und sexy. Deshalb wurde sie ja im frühen Mittelalter verboten, der unchristlichen Bräuche we-

gen, was aber nichts genützt hat. Die Blutwurst hat überlebt. Und darüber bin ich wirklich froh. Wer weiß, was meinem Koch sonst noch eingefallen wäre, um Ihre Pilze zu kurieren. Wenn ich da an Desinfektionsmittel, wie sie im Schwimmbad verwendet werden, denke, wird mir ganz bange um Sie. Aber keine Sorge.
Mein Koch wäscht die Pilze und zerschnipselt diese blatt- und blütenlosen, fleischigen Pflänzchen. Danach brät er sie an und schubst sie mit dem Kochlöffel ein bisschen in der Pfanne herum, damit sie Wasser lassen und sich reduzieren. Was mir fast das Herz bricht, weil es mir unsinnig erscheint. Dieses Reduzieren. Ich plädiere dafür, dass man aus dem Vollen schöpft. Es ist eine Verschwendung, sich zu kasteien. Was soll denn das bringen? Ich glaube nicht an die Askese. Ich glaube fest daran, dass Essen dick und glücklich macht, und Alkohol lustig. Ich glaube, dass Sex gut für Körper und Seele ist. Es sei denn, man hat es mit einem Koch zu tun. Bei einem Koch bin ich mir nicht ganz sicher. Weil die Liebe dann durch den Magen geht. Und das kann ich mir anatomisch nicht vorstellen. Wie soll denn das funktionieren? Ich habe ja schon von einigen ungewöhnlichen Sexualpraktiken gehört, manches auch probiert. Nur das mit dem Magen geht mir entschieden zu weit. Ich liebe Köche, aber da bin ich eben vorsichtig, Blutwurst hin oder her, sage ich, ich habe auch meine Grenzen.
Und allmählich fängt mein Koch an, die Geduld mit mir zu verlieren. Ich kann es ihm nicht verdenken. Er hat es ja nicht leicht mit mir. Bestimmt meint er, er hat sich was Besseres als mich verdient. Und wahrscheinlich hat er sogar recht. Aber wir sind nun mal eine romantische Zwangsgemeinschaft eingegangen. Auf Zeit, mit Blutwurst und Pilzen. Das haben wir uns nicht ausgesucht. Wir sind einander zugeteilt worden. Zufallsprinzip. Und prinzipiell finde ich das schon in Ordnung. Immerhin kann man sich schon manchmal eine Überraschung gönnen. Das ist ein Geschenk. Ein Überraschungsgeschenk. Ich habe meinem Koch also vorgeschlagen, ein paar fröhliche, halluzinogene Pilze unter das Ragout zu mischen. Statt der Petersilie. Damit Sie auch was davon haben, außer Ihrer Therapie. Von der Überraschung. Sie sind ja hier zu Gast und möchten sich amüsieren. Aber davon will mein Koch nichts wissen.
Pilzreduktion, sagt er streng und seine Unerbittlichkeit beeindruckt mich. Ich denke auf einmal verliebt antiseptisch. Es tut mir leid für Sie. Er hat mich herumgekriegt. Ich verspüre den Wunsch, mir eine Krankenschwesterntracht anzuziehen, ein gestärktes Häubchen auf den Kopf zu stülpen und meinem Koch zu assistieren. Skalpell und Küchenmesser. Sterile Tü-

cher und Topflappentupfer. Pilzkultur und -gericht. Blasser Stiel mit flachem oder kugelförmigem Hütchen, frage ich. Da lächelt mein Koch. Zum ersten Mal an diesem Abend. Und mir fällt ein Pilz vom Herzen, ich weiß, er hat mir für heute Abend meine Sünden in der Küche verziehen.

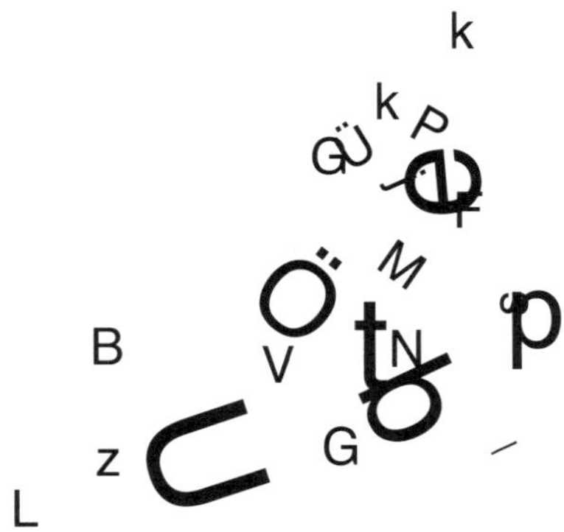

EIN HAUCH VOM „WELS“ IN DER GRÜNEN AU

Welsfilet (pro Person 80 g) mit Zucker, Salz, Chilifäden, Limettensaft und Limettenzesten marinieren und ca. 1 Tag beizen lassen.
Mit mariniertem Ruccolasalat die Au am Teller nachahmen, danach das Welsfilet hauchdünn schneiden und über den Salat verteilen.
Mit Olivenöl vollenden.

Koch: Aleksander Milojkovic

EIN HAUCH VOM WELS IN DER GRÜNEN AU

Rudolf Hruby

Komm, steh auf, mein Schatz, hörte ich in meinem Traum, aus dem es mich riss, als meine Mutter mich weckte. Draußen war es noch dunkel, das Licht im Zimmer brannte. Es war vier Uhr früh und ich wusste, dass mein Onkel Berti mich zum Fischen abholen würde, und das ließ mich schnell und ohne Widerrede aus meinem Bett springen, anders als an den Tagen der Schule, wenn meine Mutter nach zigmaligen Versuchen sehr rüde werden konnte. Hastig und stolpernd zog ich mein von mir am Vortag selbst hergerichtetes Gewand an, wusch mich noch auf Geheiß meiner Mutter und wartete ungeduldig auf meinen Rucksack, den sie kontrollierte und mit einer Thermoskanne mit Kakao und Broten ergänzte, und iss deine Brote auf der Fahrt und benimm dich anständig und zieh unbedingt die warme Jacke an und mach deinem Onkel nicht alles nach, sei vernünftig, zuerst denken, dann handeln, und pass auf dich auf, mein Großer, ich hab dich lieb und baba.

Draußen wartete mein Onkel schon in seinem Auto, das Radio kam gedämpft durch die Scheiben, und ich sah sein Gesicht im Aufflackern des Feuerzeugs, als er sich eine anrauchte. Das Gefühl, sich im Morgengrauen davonzumachen, auf den Weg in ein Abenteuer, wenn alles noch schläft, war für mich neunjährigen Jungen natürlich die aufregendste Sache der Welt. Und noch dazu mit Onkel Berti, dem schwarzen Schaf der Familie, wie Oma immer sagte. Ich war stolz, mit ihm um diese Tageszeit zum Fischen zu gehen, ich wollte so sein wie er. Immer lässig und entspannt, lustig und geheimnisvoll. Seine Tricks beim Autofahren wollte ich können und genau dieselben Hosen wollte ich haben.

Na Alter, gut geschlafen? Schon munter oder Sandmann in den Augen? Bist du bereit, Fische zu fangen und das Leben zu genießen? Dann rein mit dir, großer Kerl! – Und wir fuhren im Morgengrauen in die grüne Au.

Beim Fußmarsch zu seinem geheimen Angelplatz erzählte er von seinen Touren mit dem Lkw und von einer Menge interessanter Dinge, und dazwischen gab er mir Tipps im Umgang mit Mädchen, obwohl ich damit nichts anfangen konnte; es kam mir vor, als wären es lauter Warnungen, so wie „Greif nicht ins Feuer, sonst verbrennst du dich!" Aber was macht sich ein Neunjähriger aus Mädchen? Abenteuer und Mutproben galt es zu bestehen, Fische zu fangen, ein Lagerfeuer anzufachen, ein Zelt aufzubauen und im Wasser zu sein, wenn es heiß wurde. Das war mein Begehr.

Die Leute hier in der Gegend erzählen von einem Riesen im See. Er soll so groß wie ein Kind sein, so in etwa wie du! – Was ist so groß wie ich, fragte ich. – Na, ein Fisch im See, sicher so ein grundelnder Wels; die können auch bei uns sehr groß werden, und dann, wenn zu wenig Nahrung in einem Teich ist, greifen sie sogar Menschen an! – Was, das glaube ich nicht, du willst mir nur Angst machen, das gibt's nicht! Ich wusste ja von früheren Angeltouren, dass der größte Fisch, den mein Onkel je gefangen hatte, gerade mal meinen Unterarm mit ausgestreckter Hand maß. Mal abgesehen davon, dass das vor zwei Jahren war und ich seither sieben Zentimeter gewachsen bin.
So große Fische gibt es nur im Meer, sagte ich fachkundig und war mir sicher, dass mir mein Onkel mal wieder was vorschwindelte, denn immer durfte man ihm wirklich nicht glauben.
Die Sonne ging gerade auf, als wir zu unserem Platz kamen, und schnell wurde alles aufgebaut, ein kleines Feuerchen gemacht, die Ruten bestückt und ausgeworfen.
Der Sonnenaufgang beschien uns wie zwei Könige, während wir gespannt auf unsere Blinker starrten. Aber nichts biss an. Mein Onkel rauchte und trank Kaffee, ich aß meine Brote mit Kakao. Die Sonne stieg höher, kein Fisch biss an. Köderwechsel, Auswurftechnik, Hakenwahl, Beschwörungsformeln – all das lernte ich an diesem Vormittag, und obwohl ich schon alles wusste, hörte ich ihm geduldig zu, da die Art und Weise, wie mein Onkel erzählt, eine sehr unterhaltsame ist. Aber kein Fisch biss an. Den ganzen Vormittag nichts, und zu Mittag ging ich baden.
Der Misserfolg machte mir nicht viel aus, und ich schwamm zufrieden in den See hinaus; mein Onkel bekam bald Hunger, baute alles wieder ab und packte die Sachen ein. Ich schwamm wieder zurück.
Etwa hundert Meter vom Ufer berührte mich etwas am Bauch. Ich spürte nur einen Hauch, hörte ein Plätschern, dann war es totenstill, ich wurde ganz starr, mir fiel der Riesenfisch ein, mein Herz stand still, mein einziger Gedanke war: Raus!
Ich kraulte und schlug dabei Arme und Beine wie wild ins Wasser, weil ich mal gelesen hatte, dass man Haie durch Schlagen mit dem Ruder aufs Wasser vertreibt; ich bekam kaum noch Luft und versuchte, mich an die Wettkämpfer bei den Olympischen Schwimmturnieren zu erinnern, versuchte, so zu atmen wie sie, versuchte, nicht an den Fisch zu denken; es waren sicher rekordverdächtige 100 Meter eines Neunjährigen. Als ich japsend am Strand lag, mein Onkel kam und ich nur Der Fisch! Der Fisch! rufen konnte, sagte er Ja, ja, im Restaurant bestellen wir uns gleich einen Fisch, komm, wir gehen. Nein, nein, das war der Wels, der Riesenfisch, von dem die Leute hier erzählen! – Hast

du ihn denn wirklich gesehen, fragte er lächelnd, und irgendwie konnte ich jetzt gar nicht mehr glauben, was ich gespürt und gehört hatte – war das wieder so eine Geschichte meines Onkels gewesen? War ich vor einem kleinen Fisch geflüchtet, vor so einem, den wir zurückwerfen, weil er zu klein ist?
Wir bekamen einen herrlichen Fisch im Restaurant, und noch beim Nachhausefahren spürte ich den Hauch des Welses aus der grünen Au an meinem Bauch.

BEIRIEDSCHNITTE IN VOLLEM KORN
MIT SCHALOTTEN-PAPRIKA KONFITÜRE

Beiriedschnitte (pro Person 160 g) mit griffigem Mehl und durch Vollei (nur zerquirlt), in gerösteten Kürbis-Sonnenblumenkernen, Roggenflocken, Sesam etc. wälzen und am Grill rosa braten. Grob geschnittene Schalotten in Olivenöl glasig anschwitzen, mehrfarbige Paprikastücke in gleicher Größe dazu und mit Weißwein ablöschen.
Entkernte, geschälte Tomaten dazu, leicht anköcheln und mit wenig Knoblauch, Salz und Pfeffer abschmecken.

Koch: Benedict Rahsl

GOURMETFLUG ZUR BEIRIEDSCHNITTEN-INSEL

Christine Velan (Gewinnerin Runde 2)

„Ich befinde mich hier, östlich des Wiener Neubaugürtels, in 3000 Millimeter Flughöhe. Die Temperaturen liegen zwischen 20 und 22 Grad. Das Wetter ist überwiegend heiter, Wolkenfelder und Schauer sind ausgeschlossen", summt und surrt sie fröhlich vor sich hin.

Zur Rechten sieht sie die österreichischen Kopfalpen: Toupierte, glatt gekämmte und dauergewellte Haarberge. Auf den hinteren drei Bergglatzen glänzt das sonnige Licht der Deckenlampe. Plötzlich wird sie von bedrohlich erhöhten Ozonwerten über dem Wasserstoffsuperoxid-Gebirge zu einem waghalsigen Flugmanöver, zu einer abrupten Kursänderung gezwungen. Sie schlägt eine scharfe Rechtskurve ein, bei der sie in ein haarsprayverseuchtes Luftloch fällt. Schnell fängt sie sich wieder und schwebt nun über behaarte Gipfelketten, aus denen jedoch unentwegt vulkanische Dämpfe entweichen. Die schweren Geruchswolken aus pudrigen, blumigen und fruchtigen Gasen benebeln sie derart, dass sie unbeabsichtigt schon zum Sinkflug ansetzt.

Kaum hörbar seufzt sie auf:

„Mir wird schwindelig. Eine Zimtwolke. Rosen ... Ich ... Jasmin. Eine Pfirsichwolke. Ich ... verliere ... Maiglöckchen. Maiglöckchen? Haben wir denn nicht Oktober? Ich verliere die ... Vanilleschoten. Ich verliere die Orientierung. Wo ist mein Flugziel?"

Sie versucht den weißen Landeplatz anzusteuern. Kreisrunde Porzellanseen mit beeindruckenden Inseln sind kunstvoll angeordnet. Rechts und links der Seen verlaufen auffallend kurze, silberne Landebahnen, die ein hohes fliegerisches Können abverlangen. Am Ende der rechten Silberpisten ragen kristallene Kontrolltürme mit kelchartigen Aufsätzen in die Lüfte.

Langsam setzt sie zur Landung an und blickt unter sich, auf die Felseninsel. Was für ein schwüles Klima, wundert sie sich. Das ebenmäßig, flach verlaufende Riff schimmert rosig und verschwindet im Dunst. Dämpfe steigen von überall auf. Selbst im Süden der Insel versinkt ein leuchtend roter Hügel hinter einem feinen Schleier. Als sie eine weitere Schleife unmittelbar über die Insel fliegt, strömt ihr ein feucht-warmer Wind entgegen, der viel versprechende Düfte mit sich trägt.

Endlich, denkt sie, Rind, Rind ... Beiried! Trotz der schlechten Sicht kreist sie um den roten Konfitüren-Hügel. Sie atmet tief ein und pumpt ihre Lungen voll. Sie kann gar nicht genug davon bekommen.

„Schalotte! Paprika! Ganz eindeutig!"
Mitten im Endanflug stößt sie auf ein Monster, das sich neben ihrem Flugziel ausgebreitet hat. Sie versucht es anzusprechen:
„Entschuldigen Sie bitte, wegen der bisherigen Flugturbulenzen habe ich Sie nicht eher gesichtet und es versäumt, mich vorzustellen. Domestica, Musca domestica. So manches Säugetier denkt, ich sei eine ganz gewöhnliche staubige Stubenfliege. Irrtum! Ich bin eine Feinschmecker-Fliege mit ausgeprägtem Sinn für Gerüche und Geschmack. Wenn Sie genau hinsehen, erkennen Sie, dass ich eine Gourmet-Fliege bin, das Fast-fly-Slowfood Insekt schlechthin."
Das Monster grunzt. Musca Domestica weiß diesen Laut nicht zu deuten. Sie wählt den richtigen Anflugwinkel und das entsprechende Timing. Mit ihrem Fliegengewicht landet sie mitten auf der Beiriedschnitte. Es ist warm, fast heiß unter ihren sechs Füßen. Sie kreuzt die behaarten Vorderbeine übereinander, atmet aus und blickt sich genussvoll um. Nochmals versucht sie die Aufmerksamkeit des Monsters für sich zu gewinnen. Sie sagt ein wenig altklug:
„Speisen sind die einzigen Inseln unseres hektischen, schwirrenden Daseins.
Meine Philosophie lautet: Sagen Sie mir, was Sie essen, und ich sage Ihnen, wer Sie sind. Wie merkwürdig, dass ich die einzige Fliege hier bin! Vom Beiriedschnitten-Riff hat man wirklich eine herrliche Aussicht auf den Schalotten-Paprika-Konfitüren-Hügel! Wie das strahlende Licht ihn beleuchtet! Finden Sie nicht auch? Dieses Rot!"
Der stumpfe Gesichtsausdruck des Monsters bleibt unverändert. Musca Domestica fragt sich, ob es ihre Fliegenstimme überhaupt hören kann. Auf einmal entdeckt sie am Fuße des Riffs unzählige Hagelkörner. Sie dreht sich im Kreis. Die gesamte Beiriedschnitten-Insel ist von diesen dicken, vollen Körnern umgeben.
„Es ist so schwül. Wieso hat es gehagelt? Ich verstehe die Wetterverhältnisse hier nicht!", stöhnt Musca Domestica. Sie kratzt sich fragend die kurzen Fühler. „Hat der Wind etwa den Hagel vom Fels geweht? Alles sehr seltsam!"
Plötzlich ertönt ein lärmendes Grummeln. Das Monster macht sich mit seinen zwei behaarten Vorderpfoten weiter über den Landeplatz breit. Der laute Aufprall seiner Pfote lässt einen Kontrollturm aus Kristall umfallen. Seine Pranke hat die Gourmetfliege nur knapp verfehlt. Sie erhebt empört ihre Stimme:
„Warum schlagen Sie nach mir? In meinem langen, 24-tägigen Leben habe ich meinen Tupfrüssel immer nur auf Delikatessen gerichtet und nur exquisiteste Gerichte verspeist. Ich möchte mich in aller Form von jenen Ekel erregenden Fliegen abgren-

zen, die sich von privaten Küchenabfällen oder gar öffentlichen Mistkübeln ernähren. Ich bin und bleibe allen Bedrohungen zum Trotz eine für Schmeckreize äußerst sensible Fliege. Nicht nur an meinen Mundwerkzeugen und Fühlern ..."

Musca Domestica hält inne, wieder kreuzt sie die behaarten Vorderbeine übereinander, diesmal das linke über das rechte, blickt an sich hinunter und setzt fort:

„Selbst an meinen Beinen bin ich mit Schmeckborsten ausgestattet. Ja, an meinen Beinen!"

Noch immer starrt das Monster sie ausdruckslos an. Musca Domestica murmelt in sich hinein:

„Davon kann dieses korpulente Ungeheuer, so behaart seine Pfoten auch sein mögen, nur träumen! Ich bin eine insektuöse Speisekoryphäe. Wie soll ich das dieser vermutlich ohne jeglichen Geschmackssinn vor sich dahinvegetierenden Kreatur nur weismachen, die mit ihren Vorderpfoten ständig wild um sich rudert und weiterhin versucht mir nach dem Leben zu trachten?"

Ein erneuter Aufprall und deutliches Schmatzen sind zu hören. Diesmal fällt nichts um. Im Gegenteil: Silberpisten haben sich vom Landeplatz gelöst und weisen in die Höhe. Von der Insel ist ein Felsstück abgetrennt.

Musca Domestica versteckt sich am Seerand. Während sie ein Partikelchen der Konfitüre durch ihren Tupfrüssel schlürfend in sich saugt, reibt sie vor Freude die filigranen Flügel aneinander und flüstert:

„Für diese Beiriedschnitten-Insel riskiere ich gerne mein Leben. Erst Recht für den Konfitüren-Hügel. Schalotte und Paprika – geradezu betörend!

EINSPÄNNERMOUSSE MIT FINGERBISKOTTEN UND MOCCASÜPPCHEN

1/2 l Obers mit 2 Esslöffel Instantkaffee ansetzen 1/2 Stunde ziehen lassen, 3 Dotter, schaumig schlagen, mit 340 g weißer warmer Schokolade vermengen. Das halbfest geschlagene Kaffeeobers unterziehen mit 3 Blatt Gelatine binden (Gelatine warm zerlassen mit wenig Obers vermengen und danach zur ganzen Masse dazugeben) 12 Stunden kalt stellen.
Aus der Biskuitmasse mit Dressiersack kleine Biskotten formen und backen. Mehrere Mocca kochen mit Stärkemehl leicht binden, um am Teller Verzierungen zu malen, eventuell mit Instantkaffee und Rum verstärken.

Koch: Patrik Paar

EINSPÄNNERMOUSSE MIT FINGERBISKOTTEN UND MOCCASÜPPCHEN
ein Mini-Drama

Raoul Biltgen

Ein Mann stürzt völlig außer Atem, in verschmutzten Kleidern und mit zerrissenen Tüten unter den Armen ins Restaurant im Hotel Wimberger in Wien.

Da bin ich.

Er schaut erschrocken zu den leer gegessenen Desserttellern auf den Tischen.

War das schon der Nachtisch?

Er nimmt sich einen Teller und leckt darüber.

Süß. Nachtisch. Zu spät. Es ist zu spät. Ich bin zu spät. Aus. Vorbei. Was gab es denn?

Nein, ich will's gar nicht wissen, lieber nicht, denn ich weiß, was es nicht gab: Es gab nicht Einspännermousse mit Fingerbiskotten und Moccasüppchen, denn um Einspännermousse mit Fingerbiskotten und Moccasüppchen zu machen, braucht man jene Zutaten, die ich hier in diesen Tüten habe, und da ich sie in diesen Tüten habe, haben Sie sie nicht am Teller.

Dabei war es ja nun wirklich kein schwerer Auftrag.

„Hier die Liste, hier das Geld, und kaufen Sie nur beste Qualität. Und bitte vor siebzehn Uhr ins Hotel Wimberger bringen, damit wir das Dessert in aller Ruhe zubereiten können, ja?"

„Ja."

„Das ist ein verantwortungsvoller Auftrag. Davon hängen viele Leute ab. Dieser, wie hieß er noch?, Biltgen, genau, der schreibt was dazu, Einspännermousse mit Fingerbiskotten und Moccasüppchen, ja?"

„Ja."

Gut. Wie spät? Elf Uhr. Da hatte ich noch locker Zeit, also erstmal frühstücken.

So wurde es eins. Also noch ein Zigarettchen.

So wurde es zwei. Immer noch kein Problem.

Drei. Ok. Billa oder Meinl? Hofer. Näher, billiger. Ach nein, die wollten so richtig teures Zeug, gut, Meinl, Graben, es kann nicht exquisit genug sein. Wenn denn die Qualität von dem, was dieser Biltgen schreibt, von der Qualität der Zutaten des von ihm bedichteten Desserts abhängt, soll man mir keinen Vorwurf machen können.

Halb vier. U-Bahn, Türen schlossen, Zug fuhr ab, „Fahrscheine bitte." Hatte keinen. Noch zwei drei Leute vor mir. Wann kam denn die nächste Station? Der Kontrolleur schaute mich skeptisch an. Ich ging ganz unauffällig in die andere Richtung. Da kam mir sein Kollege entgegen. Ich schlug hektisch meine Jacke ab, doch da war ja nichts in meiner Jacke. Er schaute mich mit einem Blick an, in dem alles Wissen über Schwarzfahrer lag, das er sich in einem ganzen Leben als Kontrolleur bei den Wiener Verkehrsbetrieben angeeignet hatte, und sagte: „Fahrschein bitte."

„Es tut mir leid, aber …"

Ich kam gar nicht mehr dazu, eine unglaublich tolle Geschichte über meinen Hund zu erfinden, dessen Leibspeise unbenutzte Fahrkarten sind, da sagte er schon: „Das macht dann siebzig Euro."

Siebzig Euro? Die hatte ich nicht. Die hatte ich wohl: mein Einkaufsgeld. Am Stephansplatz gab's ja sicher einen Bankomaten.

Da gab's auch einen Bankomaten. Irgendwo hinter den Abermillionen von Touristen. Die alle am Bankomaten anstanden. Die alle so viel Geld aus dem Bankomaten zogen, dass es nur mehr Hunderter gab. Und weil ich so tief im Keller war, dass der Bankomat mir leider höchstens dreißig Euro ausspucken würde, was er aber nicht mehr konnte, weil er ja nur mehr Hunderter hatte, suchte ich den nächsten Bankomaten in der Hoffnung, mit diesem nun doch beträchtlich geschrumpften Geldbetrag all das kaufen zu können, was ich kaufen können musste.

Meinl. Liste. Kaufen. Eier: vier neununddreißig, Zucker: zwei neunundvierzig, Kaffee: neun fünfundneunzig. Das machte? Das musste ich ausrechnen. Wo hatte ich denn nur einen Stift?

Eier, Zucker, Liste und Kaffee in der rechten Hand balancierend griff ich mit der linken in meine Umhängetasche. Wo war denn der nur? Natürlich ganz unten. Natürlich verheddert in irgendwelchen zerknitterten Rechnungen. Mit einem Ruck befreite ich den Stift aus der Tasche, kam ins Schwanken, der Kaffee über der Liste über dem Zucker über den Eiern wackelte gefährlich, fiel, die Liste, der Zucker, die Eier …

Wäre ich ein künstlerisch denkender Mensch, ich hätte mich wohl der wilden Schönheit dieser gelb-braun-weißen Mischung kaum verschließen können. Ich aber sah nur eines: Die Liste. Die nun nicht mehr lesbare Liste.

Zwischen Boden wischenden und mich beschimpfenden Meinl-Mohren versuchte ich mir auszutüfteln, was denn alles in ein Dessert mit dem Titel Einspännermousse mit Fingerbiskotten und Moccasüppchen passen könnte. Geliermittel vielleicht, für die Mousse? Fingerbiskotten, ja. Vielleicht Suppenwürfel für das Moccasüppchen? Ein paar von diesen Miniflaschen Whiskey, Cognac und Wodka. Vanille. Schokolade. Mandeln, Rosinen, Mohn… Auf wie viel war ich? Was blieb mir? Wie spät war es? Wie hieß ich? Gibt es ein Leben nach dem Tod? Egal. Zum Hotel. Nur wie? Mit der U-Bahn? Lieber nicht. Zu Fuß? Dauerte zu lang. Mit dem Taxi? Kein Geld. Oder …

Mir eine Geschichte über meine gerade Zwillinge gebärende Frau ausdenkend rannte ich zum Taxistand. Der sagte: „Die kriegt Kinder im Hotel Wimberger? Sicher doch.“ Und jetzt?

Jetzt galt es die Zügel in die Hand zu nehmen. Da: Ein Fiaker ohne Kutscher. Aufgesprungen, „Hü“ geschrieen, los. Rotenturmstraße. Falsche Richtung. Egal, nur weg. Schottentor. Fast musste ich lachen, denn der von mir entführte Fiaker war ein Einspänner, ich konnte es nicht glauben. Renner-Ring. Die Schreie der auseinander stobenden Menge gellten hinter mir, doch darauf konnte ich jetzt nicht achten. Neustiftgasse. Breitbeinig am Bock stehend versuchte ich durch unablässiges Schlagen mit der Peitsche das Pferd zu einem gestreckten Galopp anzutreiben, während ganz hinten in meinem Hirn die unwirkliche Hoffnung erglühte, es wenigstens noch zur Vorspeise zu schaffen. Gürtel.

In der Ferne erstrahlte der Wimbergerschriftzug, als ich gegen die Fahrtrichtung zwischen hupenden Autos hindurchpreschte, die schrillen Sirenen des mich verfolgenden Polizeikonvois im Nacken. Doch plötzlich schob da ein Mann ein Fahrrad über die Fahrbahn. Er blickte auf und blieb stehen. Das Pferd sah das Rad und stieg auf, erhob sich und den Fiaker und mich, alles drehte sich, ich flog, die Kutsche flog, das Pferd flog, der Kaffee und die Biskotten und die Eier flogen, alles flog und flog und flog… Und dann landete ich ziemlich heftig auf dem Hintern und rund um mich schneite es Mandeln und Mohn. Den Schmerz im Steißbein stoisch ignorierend schaufelte ich den mit den Alkoholika zu einem klebrigen Brei verschmolzenen Zucker in die aufgeplatzte Tüte, den Kaffee dazu, die Eier auch, Vanille, Rosinen, Biskotten, Finger … Finger? Wessen Finger war denn das?

Ich schaute meine Hände an. Zehn, alle da.

Etwas weiter weg sah ich den Fahrradmann, eine blutende Hand in der anderen, er musste in die Speichen des eigenen Rads… Die Polizei rückte an. „Das ist er, er hat mich mit der Kutsche überfahren“, schrie ich mit dem Finger auf den armen Mann zeigend. Ich musste doch meinen Auftrag erfüllen, da warteten doch Menschen auf mich, ein junger verzweifelter Koch, hungrige Gäste, ein um sein Leben lesender Schriftsteller, ich musste weg. Ich musste weiter. Ich musste her.

Und nun merke ich: Sie haben schon gegessen, und ich bin zu spät. Ich habe versagt, ich …

Moment …

Er leckt abermals einen Teller ab.

Das ist doch …

Er leckt einen anderen Teller ab.

Das schmeckt nach Mocca, eindeutig, und hier…

Er stürzt zu einem weiteren Teller, auf dem eine nicht gegessene Fingerbiskotte liegt.

Eine Fingerbiskotte.

Er bricht in hysterisches Gelächter aus und zieht einen Finger aus einer der Tüten.

Eine Fingerbiskotte. Finger. Biskotte. Dessert. Einspännermousse mit Fingerbiskotten und Moccasüppchen. Das heißt, es gab doch noch ein paar Zutaten in der Küche? Ja? Ja. Und ich erzähle Ihnen hier Geschichten und der Herr Biltgen hätte längst schon lesen können und ich hab ihm seinen Auftritt verpatzt und hinter diesem Vorhang wartet schon die Polizei auf mich. Dann sollte ich wohl nicht weiter stören.

Ich hoffe es hat geschmeckt.

Und viel Spaß noch bei der Lesung.

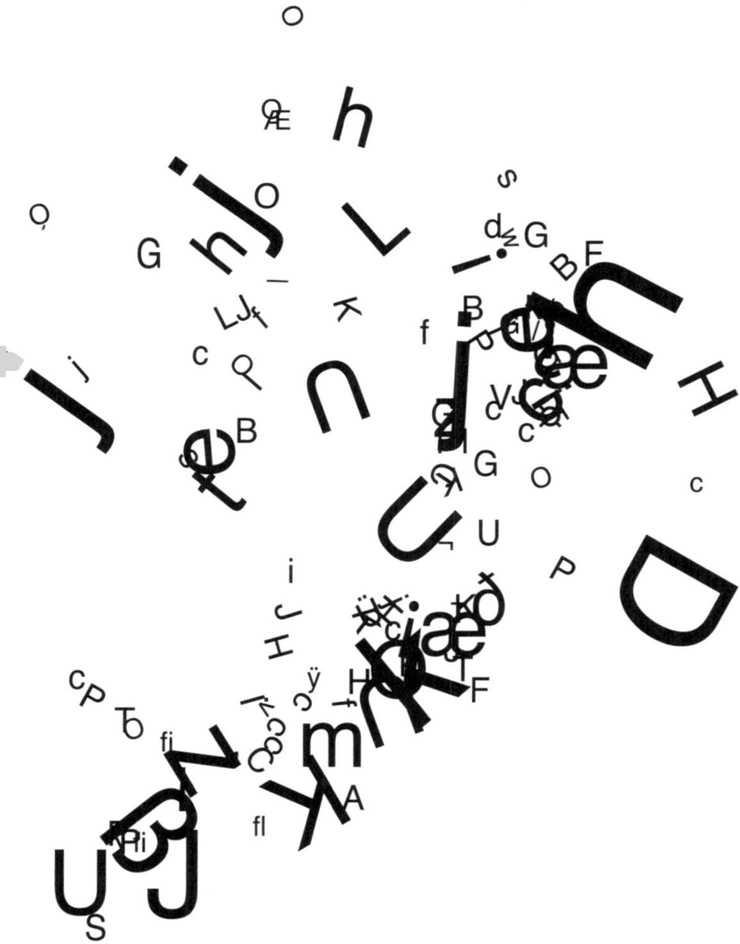

17. OKTOBER 2007

Kürbiscreme mit Obershaube und Kernöl

Von Trockenbeerenauslese umhüllte Entenbrust
im Vogerlnest

Kalbsjungfernbraten am Scheiterhaufen
mit Kartoffelreisig

Unter die Haube gebrachtes
Pfirsichtörtchen

KÜRBISCREME MIT OBERSHAUBE UND KERNÖL

Schalotten fein schneiden, in Butterschmalz glasig anrösten, dazu geschälte und entkernte kleinwürfelig geschnittenen Kürbis (Muskatkürbis-Orange) mit anrösten, danach mit Gemüsebrühe aufgießen, weich kochen und mit dem Stabmixer pürieren, durch ein Spitzsieb passieren und mit Obers legieren. Mit Salz, Pfeffer und einem Schuss Kernöl abschmecken und mit Obershaube, gerösteten Kürbiskernen und Kernöl anrichten.

GERMANYS NEXT SUPERCOOK

Thomas Duschlbauer

Deutschland sucht seinen Superkoch und veranstaltet eine megatolle Casting-Show. Der heutige TV-Abend steht ganz im Zeichen der Suppe. Qualifiziert für diese Runde haben sich Sarah, Frank und Mark, die unter den Argusaugen einer Jury ihr Bestes gaben. Nun folgt die Stunde der Wahrheit. Die Jury, bestehend aus den drei prominenten Haubenköchen Tom Mahlzer, Jens Herdström und Angela Pöchhacker-Löffler fällt ihr gnadenloses Urteil. Die Kamera ist auf die angespannten Gesichter der drei Jungstarköche gerichtet, deren Schicksale und Hoffungen in drei Teller gegossen wurden.

Als erster erhebt Tom seine Stimme.

Tom: Ja Sarah. Ich hab schon in den Vorrunden gesehen, dass großes Talent in dir schlummert. Der Toast und das Spiegelei waren wirklich challenging für dich und du hast dich von Mal zu Mal fulminant gesteigert.

Jens: Ich muss sagen, ich hab beim Kochen noch nie so eine tolle Perfomance gesehen. Die Kürbiscreme mit Obershaube und Kernöl ist zwar total versalzen, aber du kannst dich gut in der Küche bewegen und hast bei deiner Bauchtanzeinlage gleichzeitig mit mehreren Knifes jongliert – wirklich abgefahren deine Show.

Angela: Da kann ich mich meinen Vorrednern nur anschließen. Ein großes Lob, du bist .... weiter!

Der Kandidatin entfährt ein gellender Glücksschrei, sie ist gerührt wie ein Omelett, vergießt ein paar Tränen, sie dankt ihrem Schöpfer, sie wird beinahe ohnmächtig. Nach dem Aussetzer folgt ihr die Kamera noch in den Backstage-Bereich, wo sie von den anderen Jungköchen umarmt und auf das Innigste liebkost wird. Nun muss Frank auf die Bühne.

Tom: Weißt du Frank, wir kennen Dich jetzt schon so lange und haben dich wirklich in unser Herz geschlossen. Du bist ein super Typ und wir gehen alle mit dir gerne auf ein Bier, aber deine Choreo ist einfach unter jeder Sau. Da nützt es nix, wenn du uns beim Zubereiten erzählst, dass Claude Lévi-Strauss nicht erkannt hat, dass die Zick-Zack-Muster auf den Kürbissen der Nabikwara-Indianer als Schriftzeichen gedeutet werden hätten können. Derrida und das ganze intellektuelle Dekonstruktionsgelaber, das interessiert doch das Publikum einfach nicht.

Angela: Ne du Frank, so wird das nix. Das reicht höchstens für Arte oder Silent Cooking.

Jens: Vielleicht bewirbst du dich nächstes Jahr wieder. Du hast wirklich noch Potenzial.

Frank ist am Boden zerstört. Er bricht in Tränen aus. Die Kamera

verfolgt den Lauf jeder einzelnen Träne. Langsam erweitert sich das kleine Rinnsal jedoch zu einem Schwall. Jemand aus dem Kochstudio holt einen Trichter, um die Flut in einen großen Topf zu dirigieren. Franks ungezügelte Weinerlichkeit schlägt aber mehr und mehr um in Bitterkeit, Ärger, Wut, blinden, ja sogar destruktiven Hass. Er beginnt die Jury auf das Wüsteste zu beschimpfen, stellt die Show als geschmacklose Farce hin und wird schließlich von Helfern hinausgetragen. Die Stimmung ist sehr angespannt. Da betritt Mark die Bühne.
Angela: Tja Mark. Nachdem du uns in der Vorrunde diese Wurst gezeigt hast, weil du irrtümlicher Weise dachtest, dass unser Motto „Germanys Next Supercock" heißen würde, waren wir schon gespannt, was wir heute serviert bekommen.
Jens: Allerdings hast Du uns ziemlich enttäuscht. Denn die versteckte Kamera ist dir in der Pause bis auf die Toilette gefolgt, und wir mussten alle mit ansehen, dass du dir danach nicht die Hände wäschst.
Angela: Das wäre ja nicht einmal so schlimm, wenn du zumindest ausreichend Klopapier nehmen würdest. Denn die eingebaute Sitzkamera hat uns eindeutige Aufnahmen übermittelt, wonach ausgerechnet der Daumen, den du immer zum Kosten nimmst, laufend die Papieroberfläche penetriert.
Jens (sichtlich empört): Wir wissen, dass das ganze Casting ein Ausscheidungswettbewerb ist, aber deshalb brauchst du uns so was auch nicht gleich ins Essen zu tun. Wir haben deshalb weiterrecherchiert und deine Mutter dazu befragt. Da schaust du, was? Jetzt bist du überrascht.
Das Publikum ist erbost, Mark peinlich berührt, er setzt einen betroffenen Blick auf. Auf einer Video-Wall erfolgt eine Life-Einspielung des Interviews mit seiner Mutter: „Nein, unser Mark ist immer ein sauberer Bub gewesen. Er hat auch gut gerochen. Lediglich mit den Schuppen hat er solche Probleme gehabt. Deshalb haben wir ihm immer weiße Sachen angezogen. Das war auch der Grund, warum er Koch werden wollte. Wir sind dann draufgekommen, dass sich das Problem von selber löst, wenn man die Sachen nicht wäscht. Weil dann bilden sich darauf diese Milben, die da die Schuppen auffressen. Seither hat unser Mark keine Schuppen mehr in den Haaren, weil wenn sich welche bilden, dann kommen gleich die Milben und fressen die auf. Manchmal sind es vielleicht ein bisserl viele, weil die machen dann so Kaugeräusche, die einen irritieren können. Mark hat deshalb auch eine Hörschwäche entwickelt. Unser armer Mark, unser geliebter Sohn. Ich halte ihm den Daumen."
Im Studio ist es ganz still geworden. Mit Tüchern wischen sich Leute aus dem Publikum Tränen aus den Augen.

Tom: Im Prinzip kann ich da nichts Schlimmes bei finden. Das Cooking-Business ist eine beinharte Competition, da gilt es, sich von den anderen zu differenzieren.
Angela: Hey, du meinst, dass Mark damit der Suppe eine ganz individuelle Note gegeben hat?
Tom: Klar hat er das. Die Suppe hat auch eine ganz eigene Würze und den Mark-typischen Abgang.
Jens: Ich weiß nicht, ganz wohl ist mir nicht dabei.
Die drei Juroren werfen sich untereinander Blicke zu. Die Kamera richtet sich auf das Gesicht von Mark. In der Nahaufnahme erkennt man sogar ein paar dieser schmatzenden Milben. Dann wird das Urteil verkündet:
„Mark, du bist ein widerlicher, ein abscheulicher Koch …"
Mark kämpft mit den Tränen, auf seiner Stirn perlt der Schweiß bereits wie Champagner. Sein Mund ist weit geöffnet.
„… aber du gehörst zu uns. Du hast Stil. Solche Typen wie dich, brauchen wir. Du bist weiter. Mark wir lieben dich. Hörst du? Wir lieben dich. Hörst du Mark?"

VON TROCKENBEERENAUSLESE UMHÜLLTE ENTENBRUST IM VOGERLNEST

Entenbrust der Länge nach halbieren, das Fett abziehen, und die Stücke rund binden, mit Salz und Pfeffer würzen und mit Pilzen in Olivenöl rosa anbraten. Trockenbeerenauslese etwas reduzieren und mit Gelatineblättern binden. Entenbrust aufbinden, mit Pilzen in eine Form geben, mit Trockenbeerengelee übergießen und kalt stellen
Aus in Hollunderdressig mariniertem Vogerlsalat ein Nest formen, mit 2 Scheiben Entenbrust drapieren und mit Traubenkernöl vollenden.

Koch: Alexander Kohoutek

AUTOBUSLIED

Maria Gornikiewicz

– Diese Mauern im Abendlicht und der kleine Teich, ist es nicht wunderbar hier? Am rechten Ufer seht ihr: „Alle meine Entlein, schwimmen übern See, schwimmen übern See …“ - Wann bekommen wir denn etwas zum Mampfen? Ich koche immer noch mit Leidenschaft. Der Dalai Lama hat gesagt „Widme dich der Liebe und dem Kochen mit wagemutiger Sorglosigkeit“. Was ich so gerne mag sind diese gebratenen Brüstchen halbiert und mit reduzierter Trockenbeerenauslese umhüllt. Dazu passt Vogerlsalat. Ich hab halt den Hang zur Sünde. Jetzt esse ich erst einmal meinen Entwässerungsapfel. Außerdem beantrage ich einen Stopp bei einem richtigen Klo. Im Freien geht das nicht, da verlier ich das Gleichgewicht, wenn ich mich nirgends anhalten kann.

Dem Wunsch wird stattgegeben, der Aufenthalt gleich mit einer Mahlzeit verbunden.

– Ein gutes Henderl war das, man kann ja nicht jeden Tag Entenbrust essen. Ich hab nach Hause geschrieben, „Esse viel Geflügel, das in Wein schwimmen muss“. Den Raki habe ich weggelassen, wegen meiner Medikamente. Ich bin jeden Monat zur Durchkontrolle befohlen, aber sonst geht es mir gut. Als junges Mädchen konnte ich so schön singen, ich habe sogar das Hohe D geschafft und gelenkig bin ich gewesen, ich konnte an meinen Zehen lutschen. Einen Teil meiner Genussnerven habe ich leider beim Schlaganfall eingebüßt, aber den Rest nütze ich noch ganz gut. Das Kleid hat mir mein Sohn geschenkt. Es hat so praktische Taschen, da kann ich mir beim Frühstück allerhand einstecken. Heute bin ich sogar mit dem Schuhsack zum Buffet gegangen. Mit Siebzig kann ich mir das leisten. Diese Reise ist nämlich das Geburtstagsgeschenk, von allen drei Kindern. Traumhaft, ich sehe die Welt.

Ich bin in Nordböhmen aufgewachsen, wo uns die Tschechen weiße Armbinden verpasst haben, allen Deutschen. Das Leben hat eben Höhen und Tiefen. – „Es wird ja alles wieder gut, nur ein kleines bisschen Mut …“. Mein Internist hat gesagt, ich kann mir dick Margarine aufstreichen. Die mag ich aber nicht, ich esse Butter. Aber ich turne so gut es geht. Trotz meiner dünnen Füße und dem Kugelbauch. Ich war einmal recht fesch. Ein bisschen schau ich meinem Bruder ähnlich, der mit 21 Jahren in Stalingrad geblieben ist, er hatte grüne Augen und schwarze Wimpern, meine ältere Schwester war nicht so hübsch. Aber einmal hat die Kleine, nämlich ich, sie und ihr Kind irgendwie durchgebracht. So jung habe ich ausgesehen mit meinen Hängezöpfchen und

abgezehrt, weil ich drei Tage nichts gegessen und zwei Nächte nicht geschlafen hatte. Auf meiner Flucht vom Arbeitsdienst nach Hause, nach Teplitz-Schönau. Da bin ich dem Totengräber von der Schaufel gesprungen und war dann sehr nützlich, weil ich tagelang Brot getrocknet habe. Den Sack hartes Brot, Dokumente und einen Rucksack, mehr durften wir nicht mitnehmen, als uns die Tschechen in der Nacht rausgeschubst haben. Ein Flüchtlingsstrom war das, meinen Vater habe sie eingesperrt, meine Mutter hat sich dann umgebracht. Für meine Schwester und mich war Endstation in einem Russenlager, ganz zernagelt von den Wanzen. Nach diesem Aufenthalt konnten wir eine Zeitlang bei einem Bauern in Oberfranken bleiben. Da war der Hunger nicht mehr gar so arg. Dann sind wir nach München, wo ich Postkarten gemalt habe. Ich musste für die Schwester sorgen, die hatte nämlich ein Baby und einen Nervenzusammenbruch. Heute habe ich etwas von dem wilden Fenchel gepflückt, den konnte ich genau sehen. Wie das vor drei Jahren mit den Augen war, hab ich mir gedacht: Du hast 67 Jahre gesehen wie ein Luchs, den Rest wirst du auch halb blind über die Runden kommen.
Morgen erzähle ich dir vom Hamstern. Mein Vater hat nämlich immer gesagt, man muss das Unmögliche versuchen, damit man das Mögliche möglich macht.
– Guten Morgen, guten Morgen, guten Morgen Sonnenschein! Mein lieber Stock, musst du umfallen, wo ich mich doch nicht bücken kann. Das ist der Backhendelfriedhof, zwanzig Kilo zu viel. Ich hab einmal zehn Zuckersackeln aufgestellt, zu je einem Kilo und mir gedacht – doppelt so viel! Bei Zucker fällt mir mein blaues Tanzschulkleid ein. Das habe ich gegen eine halbe Ente, einen viertel Liter Wein und etwas Zucker eingehamstert. Einmal hat mir sogar jemand einen großen Löffel Schmalz geschenkt. Das habe ich in Papier gepackt und in den Sack meiner grauen Wolljacke gesteckt. Es war so wertvoll, und man hat ja bei Kontrollen im Zug die Rucksäcke ausgeräumt. Auf einmal bemerke ich einen großen schwarzen Fleck auf der Jacke. Oje, mit diesem Fleck hätte ich 15 Brote streichen können. Mit 20 habe ich meinen Toni kennen gelernt, als ich gerade im Hotel „Küche“ lernte. Ich hab ja nicht studieren dürfen, das war ohne Staatsbürgerschaft unmöglich, also bin ich im Hotelgewerbe alle Abteilungen durch. Und ich habe meine von Trockenbeerauslese umhüllte Entenbrust im Vogerlnest auf die Speiskarte gebracht. Toni war Gast und sagte nur „Du bist das Mädchen …“. Es ist eine gute Ehe geworden. Ich hab ein erfülltes Leben gehabt, vor allem durch meine drei Kinder. Mehrmals im Jahr kommen wir alle zusammen, 14 Personen, ich hab ja einen ganzen Backofen voll Enkelkindern. Und weißt du, was die sagen? „Oma, wann

machst du wieder so was Gutes im Vogerlnest?“ Seit 15 Jahren bin ich Witwe. Mein Mann ist vom Gerüst gestürzt, es war am Vatertag. Er wollte den Maler nicht an unsere Fenster lassen. Der Bub hat gesagt, Papa hör auf, das Essen ist fertig. Und Toni hat gesagt, nur noch eine Kleinigkeit. Und die Kleinigkeit hat ihn das Leben gekostet. Ich durfte mich nicht gehen lassen, musste meinen Kindern eine Stütze sein. Es hätte ein schöner Vatertag werden sollen. Ich hatte für Toni ein Festtagsmenü mit meiner berühmten Vorspeise gemacht. – Jö schau, eine Käserei, ich kann sie direkt riechen. Eines möchte ich aber noch vor unserer Heimreise, so einen gegrillten Schafskopf essen. Es muss ja nicht immer umhüllte Entenbrust sein.
Sie hat ihn bekommen damals, wer weiß, ob diese Frau überhaupt noch auf der Welt ist. Aber einen Satz von ihr werde ich immer in Erinnerung behalten: „Hunger macht schlank, essen macht glücklich“.

KALBSJUNGFERNBRATEN AM SCHEITERHAUFEN
MIT KARTOFFELREISIG

Ein 6 cm hohes Stück Kalbsfilet (pro Pers. 150 g)
in der Pfanne von allen Seiten rosa anbraten und mit gedämpften Gemüsescheiten und Strohkartoffeln umranden, mit Natursaft übergießen und sofort servieren.

Koch: Mario Zandermann

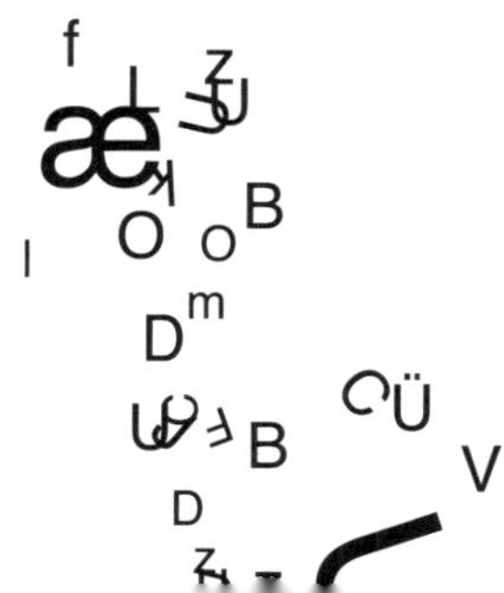

BORJUSÜSSPETSCHENJE

Wolfgang Kühn (Sieger Vorrunde 3)

Was hältst Du von „KALBSJUNGFERNBRATEN AM SCHEITERHAUFEN MIT KARTOFFELREISIG“? frage ich Irina, als wir letzten Donnerstag nach einigen gescheiterten Versuchen endlich wieder einmal gemeinsam essen gehen und ihr der Kellner die aufgeschlagene Speisekarte unter die Nase hält. Meine Langzeitfreundin und Seelenverwandte starrt mich entgeistert an.

Tags darauf im Internet. Google sei dank! Ich finde drei Einträge unter KALBSJUNGFERNBRATEN. Alle drei ungarischen Speisekarten entnommen.

Ich weiß oft nicht, was ich tue und doch passiert das richtige. Unbewusst. Drei Stunden später sitze ich im Zug nach Budapest. Das Ticket hatte ich zwei Tage vorher gekauft

Wochenende in Budapest. Ich habe Anja vor einem Monat auf einer Tagung kennen gelernt. „Komm doch mal nach Budapest!“ – „Meld dich, wenn du mal nach Wien kommst!“ Was soviel heißt wie: „Wir werden uns wahrscheinlich nie wieder sehen!“

If Joan of Arc had a heart
would she give it as a gift
to such as me who longs to see
how a legend oughta be

KALBSJUNGFERNBRATEN. Irina hatte die gleiche Assoziation. Die Jungfrau von Orleans. Kalb ist gleich junge Kuh. Käubel. Im Volksmund oft Bleds Käubel. Zum Beispiel: wer sich gegen den kirchlichen Glauben auflehnt. Dem oder der gebührt der …

SCHEITERHAUFEN. Eigentlich eine Süßspeise. Bittersüße Erinnerungen an die Kindheit. Jugend. Freitag Mehlspeistag. Apfelstrudel. Reisauflauf. Germknödel, Kaiserschmarrn. SCHEITERHAUFEN. Und nie hatte ich freitags Nachmittagsunterricht.

Der Zug rattert der Grenze entgegen. Ungarischer Speisewagen. Kein KALBSJUNGFERNBRATEN weit und breit. Nix BORJUSÜSSPET-SCHENJE. Dafür Grenzpolizei.

Werde bei Anja schlafen. Keine Ahnung, worauf ich mich da einlasse. Das Leben ist eine einzige Prüfung. Und doch voller Überraschungen.

Wenn Menschen Tiere wären, haben wir gestern philosophiert. Irina und ich. In unserer Seifenblase sitzend. Der Welt da draußen die lange Nase zeigend. Jeanne d' Arc ist zum Kalb geworden. Metamorphose der Haubenküche!

KARTOFFELREISIG. Keine Ahnung. Tannenreisig ja. Dezember. Advent. Weihnachten. Kerzen. Jeanne d' Arc. Das Brennen in mir. Unter den Fingernägeln. Unter den Füßen.

Male mir die Ankunft aus. Budapest Keleti. Anja am Bahnsteig. Ihr langes blondes Haar. Ihr fröhliches Lächeln. Male mir aus, wie sie mich fragt, ob ich hungrig sei. Male mir aus, wie ich ihr vorschlage, wir könnten doch KALBSJUNGFERNBRATEN essen gehen. Auch sie starrt mich entgeistert an.

If Joan of Arc had a heart
would she give it as a gift
to such as me who longs to see
how a legend oughta be

Das Weizenbier schmeckt schal. Die Tischblumen sind aus Seide. Der Speisewagen überheizt. Und ich müde. Viva la tristessa! Das Feuer scheint erloschen.

Die Zeit fließt. Und doch steht sie still. Wir treiben dieselbe Richtung. Györ wird vorbeigezogen. Wie im Kino. Habe mir ungarischen Toast bestellt. Mit Salami. Für alle Fälle. Vielleicht hat Anja ja schon gegessen.

Irina hatte gestern auch schon gegessen. Sich mit Nachspeise begnügt. Zu zweit allein essen ist wie Fahrrad schieben. Macht keinen Spaß. Lieber esse ich allein für zwei.

Einer Studie zufolge gaben 58 % der befragten Französinnen im Alter zwischen 15 und 25 Jahren auf die Frage, welche Gestalt in der französischen Geschichte sie gerne wären, Jeanne d' Arc an. Johanna von Orleans. Sie lebt! Ist wieder Fleisch geworden. Die perfekte Reinkarnation. Nicht nur im ARCOTEL Wimberger.

Ich hatte Anja vor ein paar Tagen geschrieben, dass ich übers Wochenende nach Budapest kommen würde. Ich würde mir ein Hotel nehmen, ob wir uns nicht treffen könnten. Der Rest war ihre Idee. Werde ich nachher vielleicht sagen.

Burns, burns, burns … the ring of fire!

Der ungarische Toast. Feurig. Scharf. Die Speiseröhre hinunter brennend. Ein Hauch von Balkan. Ich fühle mich wieder wohl. Der Regen klatscht ans Fenster. Fühle mich trotzdem wohl. Oder gerade deshalb. J. P. Chenet. Cabernet-Syrah. Rotwein aus Frankreich. Der Kreis schließt sich.

Der Teufelskreis schließt sich. Und König Alkohol hat mich wieder. Vor meinen Augen tanzen sie. Alle drei tanzen sie. Irina. Anja. Johanna. Tanzen um mich herum. Um mich, der mit einem Mal am SCHEITERHAUFEN steht. Die Flammen sie züngeln. Sie greifen nach mir. My body is a cage. Arcade fire erklingen in mir. Und derweilen geh ich in Flammen auf. Ich geh in Flammen auf. Ich geh in Flammen auf. Ich geh in Flammen auf …

If Joan of Arc had a heart
would she give it as a gift
to such as me who longs to see
how a legend oughta be

In Budapest Keleti werde ich eher unsanft vom Schaffner geweckt.

GUTEN APPETIT!
ETVAGYOT KIVANOK!

UNTER DIE HAUBE GEBRACHTES PFIRSICHTÖRTCHEN

Biskuitboden ausstechen (ca. 7 cm), darauf eine kleine Kugel Pfirsichsorbet, darüber geschälte Pfirsichhälften mit einer Masse aus geschlagenem Eiweiß, Dotter, Stärkemehl und Vanillezucker überziehen, gratinieren und mit Pfirsichspiegel etc. verzieren.

Koch: Patrik Paar

IM HAUS DER POSITIVEN ENERGIE

Margit Hahn

Das Hotel, ein *Haus der positiven Energie* hat eine weiße Fassade und dunkle Holzbalkone. Es gibt Sonderangebote. Wer drei Nächte bezahlt, wird auf eine vierte eingeladen. Wochenenden ausgenommen. Ich habe das Angebot *Wellness-Relaxen* gebucht. Halbpension. Abendessen, Vier-Gänge-Menüs (Candle-Light-Dinner, Bio-Menüs, harmonisierende Menüs, Omas Kochgeheimnis). Das Hotel ist irgendwie klassisch, mit viel Holz und gepflegten Blumen auf jedem Balkon. Grüne Ledersessel und Steine, sogenannte *Findlinge* im Eingangsbereich. Energiesteine wahrscheinlich. Energiesparlampen. In eine Wellnessanlage wurde investiert. Daher gibt es keine Gehaltserhöhung für die Angestellten.

Wer allein verreist, wird benachteiligt. Man bekommt das winzigste Zimmer mit dem kleinsten und ältesten Fernseher – und ohne Balkon. Da hat man, da braucht man mehr Kontakt zum Hotelpersonal, da bestellt man sich Kräuterwein aufs Zimmer, danach einen Capuccino, später einen Energy-Drink, man lässt den Fernseher gegen einen größeren austauschen, man entdeckt einen unschönen Kratzer in der Badewanne und Staub unter dem Bett, einen Fleck auf dem Teppich, dann stellt man fest, dass die Lampen im Zimmer zu grell sind, dass die Matratze zu weich oder zu hart ist, dass das Zimmer nicht nach Feng Shui-Prinzipien eingerichtet wurde, dann stört der weibliche Akt an der Wand, dann der Elektrosmog, das Paar im Nebenzimmer ist zu laut, im Miniatur-Badezimmer gibt es wahrscheinlich Schimmel, den man nicht sieht, aber als sensibler Gast ahnt. Man besteht darauf in ein anderes zu Zimmer wechseln, weil man in kleinen Räumen Platzangst entwickelt.

Dann bekommt man endlich ein *normales* Doppelbettzimmer. Da fällt es einem schon leichter, über kleine Mängel großzügig hinwegzusehen.

So ein Urlaub allein ist ein bisschen fad. Man beobachtet die anderen Gäste, versucht unkompliziert Anschluss zu bekommen. Wer allein reist, will auch etwas verwöhnt werden und – vielleicht – Erotisches erleben. Natürlich sagt man, man muss dem Alltag entfliehen, man braucht Abstand, man ist burnout gefährdet, der Stress, man will endlich zur Ruhe kommen, sich zurückziehen, erholen, allein sein, ausruhen, ausschlafen, aber wenn man allein ist, dann kommt plötzlich die Stille. Und mit der Stille die Einsamkeit. Niemand da, der einem etwas erzählt, oder dem man etwas erzählen kann.

„Angelina Jolie hat ihre Lippen nicht aufgespritzt, ihre Lippen sind natürlich“, behauptet der brünette Mann, dunkler Anzug, hellblaue Krawatte, weißes Hemd, beim Frühstücksbuffet – Biobutter, Bioschinken, Biokäse, Bioeier – weich und hart, Bioparadeiser, Biogurken, Biojoghurt fettarm, Bioorangenjuice, Biomagermilch, Biomarmelade, Biohonig, Biobrot, Großmutters Frühstückshaferbrei. Er lächelt mich an und starrt auf meine Lippen, die ebenfalls nicht aufgespritzt sind, aber nicht so sinnlich aussehen wie Angelina Jolies Lippen. Spontan fahre ich mit den Fingern über meine schmalen, hellrosa, ebenmäßigen Lippen. Der Mann nimmt sich Brötchen, Kuchen und fettarmen Bioschinken, seine Aufmerksamkeit gilt jetzt dem Essen.
„Meine Frau“, sagt der Mann, „ist wunderbar und sie ist sehr engagiert bei sozialen Projekten. Mit meiner Frau möchte man Freundschaft schließen, sobald man sie kennt, es liegt an ihren fröhlichen Augen, sie ist stets gut gelaunt und sie hat eine gute Ausstrahlung. Auf Dienstreisen begleitet sie mich allerdings nicht. Meine Arbeit steht im Zentrum. Das wissen alle, die mit mir leben. Ich lasse Störungen nicht zu. Sind Sie allein hier? Ich esse nicht gerne allein. Wollen wir den Abend gemeinsam verbringen? Ich will mich nach einem harten Verhandlungstag bei feinem Essen und einem guten Gespräch entspannen. Das Unternehmen, für das ich arbeite, hat ein anderes gekauft, meine Aufgabe ist es, ein paar tausend Leute entlassen... nach einem erfolgreichen Arbeitstag muss man sich irgendwie vergnügen, nicht wahr?“
Er sieht mich erwartungsvoll an.
„Bis heute Abend“, antworte ich, zwinkere ihm zu und gehe weg.

Später betrachte ich meine Lippen im Spiegel des Badezimmers. Die Mundwinkel hängen nicht, bestimmt nicht.

Gibt es etwas tödlich Langweiligeres als selbstzufriedene, saturierte, gut situierte Menschen, die ständig nach *mehr* streben, nach mehr Geld, nach mehr Anerkennung, die nur von sich selbst reden, von ihren Erfolgen, von ihren Perspektiven, ihren Visionen? Die prall und selbstgefällig im Leben sitzen und es sich gut gehen lassen? Für die *selbstverständlich* das beste, schönste, größte und teuerste Zimmer im Hotel reserviert wurde?

Ich verlasse *mein* Hotel, um einen Spaziergang zum See zu machen. Er ist zugefroren und eine dicke Schneeschicht liegt auf dem Eis. Hohe Berge umgeben ihn. Niemand ist unterwegs. Die frische Luft tut mir gut.

Dann gehe ich ins Hotel zurück und buche eine Intuitiv-Sensitiv-Massage.

Für den Abend entscheide ich mich für ein schlichtes, schwarzes Kleid, nehme dazu einen dunkelroten Schal, Highheels, Silberschmuck und schminke mich dezent.

Als ich den Speisesaal betrete, sitzt der Fremde schon bei einem Tisch in einer Nische, er winkt mich zu sich. Er ist ein zierlicher, braun gebrannter Mann und stellt sich mit „Marco Marotti“ vor. Er bestellt eine Bouteille Chardonnay Grand Select 2003 „teuer, aber das übernimmt die Firma“ und erzählt mir von dem großen Doppelbett in seinem Zimmer, das Bewegungsfreiheit garantiere und legt kurz seine Hand auf meinen Schenkel. Zur Beruhigung wahrscheinlich.
Ich entscheide mich für ein Ayur Veda Menü – bestehend aus Fruchtlassi, Karottencremesuppe und Zucchini in Venezianischer Tomatensauce mit Basmatireis und Bananenchutney.
„Erfolg ist nicht so wichtig, sagt Angelina Jolie“, sagt Marco Marotti.
„So“, antworte ich.
„Ich habe versucht, jede Frau, mit der ich gelebt habe, mitzuprägen. Ich habe versucht, sie darin zu beeinflussen, wie sie sich kleidet, wie sie auftritt, in welchem Rahmen sie lebt,“ sagt er und erzählt von seiner Frau, „fünfzehn Jahre jünger als ich“, sagt er stolz, „sie ist auch sehr schlank, schlank zu sein, ist selbst schon Leistung“, sagt er, „man schaut in den Spiegel und prüft ein paar Dinge: in welcher Familie stecke ich, bin ich abhängig, wenn ja, von was oder wem, werde ich geliebt? Und dann beschließt man unabhängig zu sein. Man schließt einen Pakt mit sich und will nicht mehr dick sein, man will nicht mehr wenig Geld haben. Man erfindet Vorteile. So entschloss ich mich, ein schöner Mann zu sein und ein Genie. Ich trainierte meinen Körper und meinen Geist. Die meisten meiner Freundschaften sind auf Stärke aufgebaut. Ich fühle mich gut. Meine Frau glaubt, Integrität sei das Wichtigste im Leben. Ehrlich zu sein, selbst wenn es nicht zum eigenen Vorteil ist. Das ist doch rührend!“ Warum spricht er ständig von sich und seiner Frau, die ich nicht kenne und die mich nicht interessiert?
Er bestellt sich als Nachspeise *„Unter die Haube gebrachtes Pfirsichtörtchen“.*

„Süßes? Wissen Sie nicht, dass es durch Zucker zu erhöhtem Blutdruck kommen kann? Wer gerne Süßes isst und trinkt, stimuliert ständig das Auf und Ab im Blutzuckerspiegel. Das ist sehr ungesund. Und eine große Belastung für die Bauchspeicheldrüse“, kläre ich ihn auf. Den Cappuccino süßt er mit einem Zuckerwürfel.
Ich klatsche in die Hände vor Entsetzen: „Wenn Sie das trinken, entsteht ein Säureangriff auf Ihren Zahnschmelz. Zeigen Sie mir Ihr Zähne, oder sind das Ihre Dritten?“ Er presst die Zähne zusammen und zieht die Lippen auseinander. Zeigt mir tatsächlich sein Gebiss. Na ja. Gelblich. Durchschnitt. Andere Gäste starren auf uns.
„Sind Sie Zahnärztin?“, fragt er.
„Ich vermute, dass Ihre Zahnwurzeln bereits angegriffen sind“, antworte ich, „in ein paar Jahren haben Sie kaputte Zähne“, prophezeie ich. Ich kläre ihn auf über die Zusammenhänge und Unterschiede von Staubzucker, Gelierzucker, Kandiszucker, Traubenzucker, Rohrzucker, Vanillinzucker, Haushaltszucker, Instantzucker, Zuckeralkohol, Fruchtzucker, Blutzucker, Diabetes, Übergewicht, Karies und Zuckerzusatzstoffen.
Jetzt greife *ich* beruhigend auf *seinen* Oberschenkel. Er zuckt zurück. Na, so was!

Und schon redet er nicht mehr von seiner Frau. Er will sich in sein Zimmer zurückziehen, sagt er kleinlaut, und Blutdruck messen. Er sei müde. „Na, in Ihrem Alter, klar, das verstehe ich, Sie brauchen acht Stunden Schlaf“, belehre ich ihn charmant, „achten Sie auf Ihre Kondition und Bewegung an der frischen Luft, Ihre Gesichtshaut ist ein wenig fahl. Wann machten Sie das letzte Belastungs-EKG?“
Er verabschiedet sich abrupt, er müsse noch mit Mutti telefonieren. Ich nicke verständnisvoll.

Später am Abend an der Bar, ich habe mir noch ein *Unter die Haube gebrachtes Pfirsichtörtchen* bestellt, verführerisch lecker, probieren Sie es!, wollen Sie das Rezept?, stellt sich der Hotelchef, dunkelhaarig mit Dreitagebart, grauer Anzug, rosa Hemd, keine Krawatte, höchst persönlich vor. Er hat schon einiges von mir gehört, sagt er.
„So?“, frage ich kokett, „was denn?“
Er lächelt mich an und betrachtet mich von der Seite, dann meint er, dass ich ein komplizierter Gast sei, das habe er gehört.
„Na und?“, frage ich und lächle ebenfalls.
Nun seufzt er. „Ich nehme das sportlich“, sagt er.
„Ein zeitlos elegantes Hotel mit einem modernen Konzept“,

schwärmt der Geschäftsführer von *seinem* Hotel, als Gäste wünscht er sich Leute, die im Kopf jung und flexibel geblieben sind.
Das bin ich: jung und flexibel!
„Durch die spezielle Bauweise des Energiebrunnens im Eingangsbereich wird die Raumenergie angehoben und die beiden Gehirnhälften der Gäste synchronisiert", berichtet er.
Meine Gehirnhälften sind wunderbar synchronisiert, einfach so.
„Ich würde das *Unter die Haube gebrachte Pfirsichtörtchen* gerne in intimer Atmosphäre genießen, und mit Ihnen teilen, wollen Sie mich in mein Zimmer begleiten?", frage ich kokett den stattlichen Chef, wie heißt er nur schnell?

FINALE

24. OKTOBER 2007

Buchstabensuppe

„Alt Wiener Reisfleisch“
auf Paprika-Rahmspiegel

Mit Maroni gefülltes Perlhuhnbrüstchen
in Preiselbeer-Birnenragout und Heidensterz-Plätzchen

Geflämmter Topfenflan
mit karamellisierten Trauben

BUCHSTABENSUPPE

Rindsuppe ansetzen: Suppengrün, Rindsknochen, gebräunter Zwiebel, Wasser und Rindfleisch (noch mäßig salzen wegen Einkochen).
Buchstabennudeln kochen. Rindfleisch zerpflücken, das mitgekochte Suppengrün klein schneiden, Buchstaben dazu und im Suppenteller mit Schnittlauch servieren.

„ALT WIENER REISFLEISCH“ AUF PAPRIKA-RAHMSPIEGEL

Gulaschansatz (vom Paprikaspiegel ein Esslöffel auf die Seite zwecks späterem Dekorieren)
Schweinewadenstücke (2 x 2 cm) weich dünsten, abschmecken mit Salz und Pfeffer, ansetzen. Ein Drittel des Ansatzes für Rahmspiegel auf die Seite, im Rest den Rundkornreis weich dünsten, mit Fleisch vermengen und mittels einer konischen Form auf den Teller stürzen.
Den Rest des Ansatzes mit Sauerrahm und wenig glattem Mehl binden, damit das Reisfleisch umringen und mit dem Paprikaspiegel verzieren.
„Guten Appetit“

Koch: Daniel Wunderlich

TOTE REISSFLEISCHE BEISSEN NICHT

Peter Bosch (2. Platz BUCHSTABENSUPPE 2007)

Ich war mit Olga unterwegs. Von Wien über Budapest bis nach Bukarest und dann ins Hinterland. Schon in der zweiten Nacht im Zug wurden unsere Pässe und unser Geld gestohlen. Mir war das nur recht. Wir waren auf unserer Trennungsreise – unserem acidmoon. Wir waren nur deshalb weggefahren, weil wir nicht zu Hause auseinander gehen wollten, und unsere letzten gemeinsamen Erinnerungen sollten so schlimm wie möglich sein, damit es uns nie leid tun würde, uns getrennt zu haben. So wie es aussah, schien uns das zu gelingen.

Irgendwo in der Nähe von Buzau warfen sie uns aus dem Zug, weil wir keine Dokumente besaßen und auch kein Geld, um dieses Manko auszugleichen. Wir standen mitten in der Wildnis, auf offener Strecke, eine endlose Ebene, kein Dorf, kein Wald, nicht einmal ein Schloss oder wenigstens eine Ruine. Ungefähr vier Stunden gingen wir schweigend nebeneinander her, vielleicht aus Gewohnheit sogar in dieselbe Richtung. Plötzlich blieb Olga stehen, drehte sich zu mir um: „Und – was jetzt?!" Es war ihre Du-bist-an-allem-schuld-aber-ich-mag-dich-trotzdem-Stimme. Mir wäre es lieber gewesen, sie hätte laut geschrien, mir jedenfalls war danach.

Die Nacht verbrachten wir in einem verblühten Sonnenblumenfeld, die hohen Stängel gaben uns wenigstens die Illusion von Schutz. Wir hatten Schlafsäcke mit, ich drehte mich von Olga weg und schlief sofort ein. Ich weiß nicht, wie lange es dauerte, aber irgendetwas weckte mich. Vielleicht die Stimmen, leise, weit entfernt, der leicht brandige Geruch, das Knistern oder doch Olgas Arm, der sich um meine Schultern, meinen Hals, meine Brust gelegt hatte. Ich wehrte mich nicht, vergaß die Geräusche, die Stimmen, auch Olgas Duft überdeckte den anderen, wir rückten näher zusammen. Am Morgen hasste ich uns dafür, dass wir nahe daran gewesen waren, uns wieder zu lieben.

„Was war das heute Nacht?", fragte mich Olga.

„Das mit uns?"

„Nein, das andere."

„Ich weiß auch nicht", ich setzte mich halb auf, „es hat sich irgendwie … wie … wie eine Jagd angehört."

„Eine Jagd?", Olga stand auf, schaute sich um, „ich glaube, das war nicht nur eine!"

Kaum hundert Meter vor uns begann die Verwüstung, tiefe Schneisen in den Feldern, die vertrockneten Stängel geknickt, und irgendwo noch weiter weg stieg Rauch auf, ein schwacher Geruch von verbranntem Fleisch zog zu uns her. Und noch dazu lag das alles vor und nicht hinter uns. Olga rollte ihren Schlafsack zusammen, ging mitten auf den Rauch zu, ich beschloss, dass es bei ihr reine Neugier war, bei mir aber Mut, als ich ihr folgte. Es war eine verlassene Feuerstelle, ein paar Scheite, die noch glosten, und der Geruch von altem Fett auf verrosteten Gitterstäben.

Olga drehte sich kaum zu mir um, ging gleich weiter: „Wo Feuer ist, sind Menschen, wo Menschen sind, ist ein Dorf."

Sie hatte recht innerhalb einer Stunde. Es sah verlassen aus. Das einzig frische waren Paprika, die überall an den Mauern hingen, rothäutig, über den Türen, den Fenstern, in den Regenrinnen, auf den Schornsteinen, sogar auf den Staffeln der Eingänge.

Was dann geschah kannte ich nur aus den seltsam synchronisierten Filmen, in denen alle Leute aus allen Ländern auf wundersame Weise miteinander Deutsch sprechen: ein Alter saß auf einer Bank (eher nur auf einem Brett) vor seinem Haus, sein Hund lag ihm quer über die Schuhe, sie blickten nicht einmal auf, der Hund bellte nicht, doch der Mann sagte: „Schöne Frau! Viel Glück!"

Wieso sprach er deutsch, wünschte er mir viel Glück, meinte er, dass ich es hatte oder es nötig hätte? Dann stand er auf, jetzt bellte der Hund, rollte widerwillig ein paar Schritte zur Seite, der Alte legte seinen Zeigefinger auf Olgas Rucksack, dort wo sie rot-weiß-rote Streifen aufgenäht hatte, spuckte aus: „Östraki!", steckte sich zwei Finger in den Mund, pfiff. Nacheinander gingen die Türen der Häuser auf, die Dorfbewohner kamen auf uns zu, bildeten einen Kreis, wir in der Mitte. Vom Hund war keine Spur mehr zu sehen. Jetzt konnten wir das Glück gebrauchen.

Pferde wieherten, der Kreis teilte sich, ein mindestens zwei Meter großer Mann führte zwei Braune an den Zügeln, angespannt an eine Kutsche, die vielleicht einmal herrschaftlich gewesen war, jetzt gerade noch hielt. Die Klepper davor sahen besser aus. Der Alte verbeugte sich vor uns, öffnete den Verschlag, lud uns bestimmt ein, einzusteigen. Der gleiche Fettgestank wie heute morgen schlug uns entgegen, ich hielt mir die Hand vor die Nase, der Alte deutete auf die Sitzbank im Wagen: die Sitzfläche mit abgewetztem schwarzen Samt beschlagen, der Fußraum darunter war hohl, mit einer Tür aus Gitterstäben und einem schweren Schloss. Im Raum dahinter Dutzende verbrannte und verkohlte Fleischstücke. Der Alte steckte sich seine Pfeife an, kicherte: „Sitzfleisch!", warf die Türe zu, gab den Pferden einen Tritt in die Flanke, die galoppierten los, rief ihnen oder uns noch hinterher: „Östraki!" und überließ uns der Pferdegnade.

Die nächsten fünf Stunden streiche ich aus meinem Gedächtnis und der Erzählung. In Filmen sieht es leicht aus. Ich jedenfalls

konnte die Pferde nicht anhalten. Diese einfache Feststellung muss reichen.
Der Abend kam, dunkle Wolken zogen auf, die Pferde hielten, Olga und ich hatten ein Doppel-Déjà-vu, und wir wussten, was auf uns zukommen würde: das düstere Schloss, der unheimliche Diener, der untote Graf.
Alles anders. Misstraue dem Klischee.
Maria öffnete uns, sie war vielleicht Dreißig, Sommersprossen, freche Augen, erschrak ein wenig, als sie die Kutsche sah: „Schon wieder Reißfleisch? Die lernen‘s nie. A echte Qual, aber was soll ma machen?!“
Das Schloss war rumänisch, düster, verwinkelt, aber sie hatten es begrünt, mit Efeu überwuchern lassen. Maria führte uns auf unser Zimmer, Vorhänge mit Sonnenblumen, Gmundner Porzellan auf den Wänden und Tischen, sogar die Blumenvase. Die Kästen und Betten mit Bauernmalerei verziert, die Möbel gedrechselt, österreichischer Schnitzkitsch. Mir fröstelte. Ich misstraue auch der Idylle.
Maria aß mit uns zu Abend, den Grafen bekamen wir nicht zu Gesicht, er ist außer Haus, Liebesangelegenheiten, meinte Maria, alle hier nannten ihn nur „den Österreicher“, nicht einmal Maria kannte seinen richtigen Namen (sagte sie zumindest, lachte es vielmehr). Ich merkte, ich musste aufpassen, Olga nicht mit Maria zu vergessen.
Ich lenkte mich ab: „Und was hat es mit diesen Reißfleischen auf sich?“
„Erzähl ich euch morgen, es ist schon spät!“, Maria deckte ab, kam auch nicht wieder zurück.
Es war Ende Oktober, in der Nacht begann es zu schneien, und eigentlich war es schon viel zu kalt für Insekten, trotzdem stach mich etwas, ich wachte auf, es juckte über meinem Nabel. Und ich hatte Durst. Ich zog meine Schuhe an – Olga schlief friedlich – nahm meinen Mantel, schlich verschlafen durch die Gänge, vorbei an Ritterrüstungen und Spinnrädern – irgendwann fand ich die Küche, Reste von tagealtem Essen, der Geruch von Fleisch, Zucker, Paprika und Vanille, ich fand ein Glas, eine Flasche mit Saft, schenkte mir ein, trank.
„Um Gott’s Willen!“, Maria stand plötzlich hinter mir, nahm mich um die Schultern. Einerseits genoss ich es, andererseits erschrak ich über Marias Erschrecken.
„Was ist denn?“, ich drehte mich zu ihr um, spürte ihre Wärme.
„Na schau doch!“, sie drehte mich wieder zurück, vor uns auf der Kochplatte der hauchdünne Film einer Rahmsoße, übergeronnen, unaufgewischt, Maria spiegelte sich darin.
„Und?“, ich wusste nicht, worauf sie hinaus wollte.

„Was siehst du?“, fragte sie.
„Dich.“
„Und?“
„Nichts weiter.“
„Eben. Wo ist dein Spiegelbild?“
Ich hasste Erkenntnismomente: „Es hat mich gebissen?!“
Maria nickte traurig. Wir setzten uns auf die Stufen zum Großen Saal und sie erzählte: „Sie sind eine richtige Landplage, dabei ist der Herr selbst daran schuld. Seine Augen sind immer größer als sein Magen. Er lässt sich Unmengen an Fleisch servieren, isst, wenn‘s hochkommt, vielleicht ein Viertel davon, der Rest kommt halbgar in den Burggraben, ungenießbar aber untot.“
„Du meinst, es lebt noch?!“
Maria nickte wieder: „Ja, und aus Rache reist es reißend durchs Land, unerlöst, verzehrt sich nach Verzehr. Die einzige Möglichkeit ihm Herr zu werden …“
„Ist ein Pflock durchs Herz!“
„Idiot! … ist, es zu Tode zu grillen, bis es schwarz und ungenießbar ist.“
Mir wurde einiges klar: Österreich, das Land der Erlöser. Ich nahm einen Schluck, sah Maria an: „Muss ich jetzt sterben?“
Sie nahm meine Hände, schüttelte den Kopf: „Im Gegenteil, du wirst es nicht können. Bis sich jemand nach dir verzehrt.“
Ich überlegte. Ganz schlechte Karten. „Und sonst irgendwelche Nebenwirkungen?“
Maria ließ mich los, drehte sich weg, ich hörte sie kaum: „Du wirst ungenießbar …“

Es dauerte fast drei Jahre, bis ich wieder zurück nach Wien kam. Ich stellte mein Gepäck bei meiner Großmutter ab, zog vorübergehend in das Zimmer, das ihr Untermieter kurz davor geräumt hatte. Sie hieß Selma, kam aus Böhmen und war eine begnadete Köchin. Sie räumte meine Reisetasche aus, hielt mir ein verkohltes Fleischstück entgegen: „Was soll das sein, Bub?“
„Reißfleisch.“
„Magst du es?“
„Man gewöhnt sich dran.“
Beim Abendessen stand ein dampfender Teller mit einer seltsam hellroten Mischung aus Reis und Schweinefleischstücken vor mir. Ich schaute sie fragend an: „Was ist denn das?“
„Reisfleisch. Ich dachte, du magst es.“

Seit diesem Tag verließ ich mein Zimmer nicht mehr, blieb unleidlich, hatte so gut wie keine sozialen Kontakte – und begann zu schreiben.

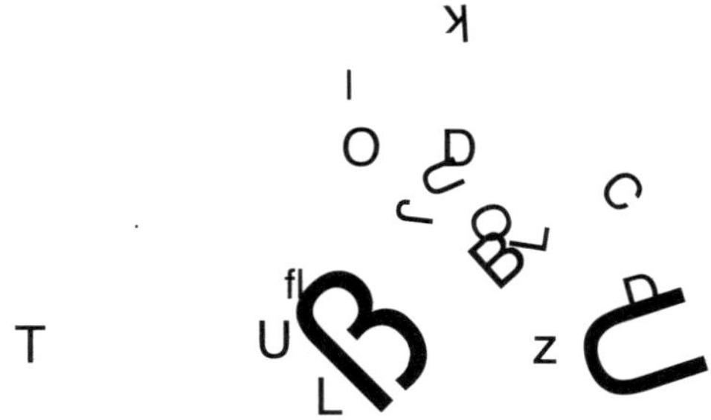

MIT MARONI GEFÜLLTES PERLHUHNBRÜSTCHEN
IN PREISELBEER-BIRNENRAGOUT UND HEIDENSTERZ-PLÄTZCHEN

Gebräunte Butter mit 150 g Heidemehl und 1 TL Backpulver vermengen, Plätzchen formen und im Backrohr bei 180 Grad ca. 20 min. backen. Zwischenzeitlich 2 Birnen schälen, entkernen, klein schneiden und in Weißwein mit Zucker, Limettensaft und Lorbeerblatt al dente köcheln, Lorbeerblatt entfernen, Rest mit Preiselbeeren vermengen.

Die Haut vom Perlhuhn leicht anlösen, mit Maroniepürree füllen, in Olivenöl bei mittlerer Hitze Medium braten und mit Salz und Pfeffer würzen. Im Spiegel aus Preiselbeer-Birnenragout auf Heidesterzplätzchen anrichten.

Koch: Aleksander Milojkovic

AUF DAS HUHN GEKOMMEN

Wolfgang Kühn (3. Platz BUCHSTABENSUPPE 2007)

Maroni, Maroni, Maroni,
füllt´s eich de Hendl damit!

Ich hielt inne. Was war das? Was hat dieser Typ gesungen? Hab ich mich verhört? Doch da erklangt es erneut …

Maroni, Maroni, Maroni,
füllt´s eich de Hendl damit!

Ich schüttelte den Kopf. Diese Maronibrater werden auch immer eigenartiger. Da stand so ein kleines Männchen mit rötlichem Vollbart und einer bis fast über die Augen heruntergezogenen Bärenfellmütze in seiner armseligen Maronihütte und verunstaltete ungefähr alle fünfzehn Sekunden den alten Rocco Granata Klassiker.

Ich bewunderte den unmittelbar neben ihm postierten Glühweinverkäufer. Noch bevor ich seine Augen sah, wußte ich, dass er trank.

Mir hatten Maroni noch nie geschmeckt und ich hatte mir auch noch nie welche gekauft. Doch dieser komische Typ faszinierte mich. Obwohl mir der Gesang nach dem dritten Mal schon etwas auf die Nerven ging. Der Glühweiner setzte gerade wieder zum Schluck an.

Igitt, ein Hendl mit Maroni füllen. Mich ekelte bei dem Gedanken. Unweigerlich musste ich an meine Kindheit denken. Das Märchen, wo sie den bösen Wolf mit Steinen anfüllen.

Noch bevor er zum vierten Mal seinen Gesang anstimmen konnte, hatte ich Mister Maroni in einen Monolog verstrickt. Ich mußte einfach wissen, was es mit dem Maronibefüllen von Hühnern auf sich hatte.

„Das ist eine lange Geschichte“, begann er, und ungefähr zehn Minuten später kannte ich seine Lebensgeschichte, wusste, dass er verhinderter Schauspieler war, das Max Reinhardt-Seminar besucht hatte, anfangs Erfolg hatte, dann seine Karriere wegen einer „blöden Weibergeschichte“, wie er sich ausdrückte, aber plötzlich einen Knick bekam und es rasch bergab ging. Seit drei Jahren halte er sich nunmehr schon den Winter über mit Maronibraten und dem Singen von Maronischlagern über Wasser.

„Bevor ich mein Talent irgendwo in der Provinz bei einem drittklassigen Theater vergeude, verkaufe ich lieber Maroni“, erklärte er mir und eine dezente Glühweinfahne strömte in meine Richtung. „Diese drittklassigen Schauspieler ruinieren das Theater, in diesem Land regiert der Dilettantismus!“, kam er plötzlich in Fahrt, für ihn gebe es in Österreich ohnehin nur ein Theater und er deutete auf das Burgtheater: „Nur hier darf Theater geschpillt werden!“ Sein Zungenschlag war unüberhörbar.

„Aber“, wagte ich es, ihn kurz zu unterbrechen, „was hat das mit maronigefüllten Hendln zu tun?“

„Junger Mann“, herrschte er mich theatralisch an, er, der kaum älter als ich sein mochte, „üben Sie sich in Geduld!“ Und er fuhr fort in seinem Monolog und erzählte mir, dass er einmal eine Rolle an der Burg spielen durfte. „Ich war der Antonio in Goethes Torquato Tasso, der beste Antonio, den dieses Haus je gesehen hat! Nie werde ich die Premiere vergessen!“ Plötzlich begannen seine kleinen Augen voller Freude zu funkeln und er geriet ins Schwärmen …

Maroni, Maroni, Maroni,
füllt´s eich de Hendl damit!

… hob er neuerlich an, als er eine Gruppe Japaner das Burgtheater umkreisen sah. „Ignoranten, verdammte Ignoranten“, fluchte er vor sich hin, als er merkte, dass sie ihn nicht einmal ignorierten.

„Fraunz, ana geht no aufs Haus!“, drückte ihm der Glühweinverkäufer bestimmt nicht das erste blaue Häferl mit der Aufschrift „BURGTHEATER“ in die Hand.

„Und erst die Premierenfeier, einfach himmlisch!“ schwelgte er in Erinnerungen, doch mit einem Mal wurde seine Stimme weinerlich. „Es gab mit Maroni gefülltes Perlhuhnbrüstchen auf irgendso einem Früchteschnickschnack“. Und nach einer kurzen Pause fügte er leise hinzu: „Und kurze Zeit später hab ich die Seiten gewechselt!“

Ich wusste nicht, was ich sagen sollte, eine eigenartige Stille stand wie eine Wand zwischen uns, leise fiel der Schnee, der erste Schnee in diesem Winter.

„Ein Kilo Maroni“, sagte ich schließlich, bloß um irgendetwas zu sagen. Der Kerl tat mir leid, ich mußte ihm einfach Maroni abkaufen, auch wenn dadurch weder ihm noch mir geholfen war.

Dass es die besten Perlhühner von ganz Wien bei Julius Meinl gebe, gab er mir mit auf den Weg und dirigierte mich an der Burg vorbei Richtung Graben.

Maroni, Maroni, Maroni,
füllt's eich de Hendl damit!

… hörte ich ihn noch zweimal singen, ehe ich aus seinem Blickfeld verschwand und in den leicht verschneiten Burggarten einbog. Mit der rechten Hand wischte ich den Schnee von einer Bank und nahm Platz.

„Nicht ganz mein Tag!“, seufzte ich, während meine klammgefrorenen Finger eine wärmende Maronischale knackten und ich an den guten alten Charles Bukowski denken musste. „Du hast recht“, murmelte ich vor mich hin, „man kann im Leben viel tiefer fallen als bloß vom Barhocker!“

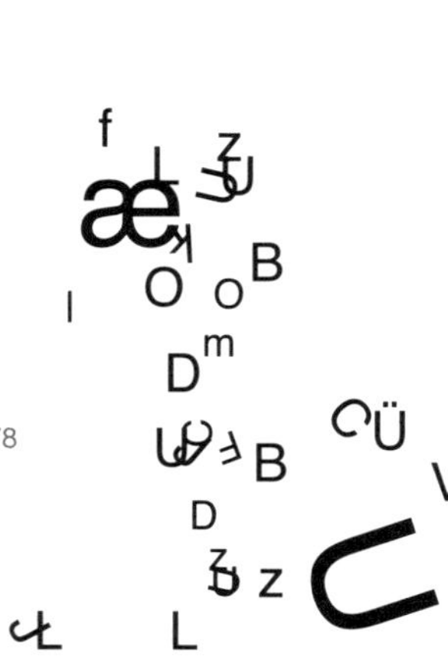

GEFLÄMMTER TOPFENFLAN
MIT KARAMELLISIERTEN TRAUBEN

250 g Topfen mit 3 Dottern, 1/2 Zitronenschale,
1 TL Stärkemehl und 1/8 l Sauerrahm zu einer glatten Masse rühren. 3 Eiweiß mit 40 g Zucker zu Schnee geschlagen unter die Masse heben. Im Wasserbad bei 200 Grad gar ziehen lassen, dick mit Staubzucker bestreuen und mit Gasbrenner abflämmen.
Zucker karamellisieren lassen, mit Weißwein ablöschen und frische kernlose Trauben einrühren.

Koch: Mario Zandermann

VON DER NEUROSE ZUR FIXIERUNG, VOM GEFLÄMMTEN TOPFENFLAN ZU DEN KARAMELLISIERTEN TRAUBEN

Christine Velan (Gewinnerin BUCHSTABENSUPPE 2007)

Meine Schwester ist eine der berühmtesten Schauspielerinnen des Landes. Sie lächelt einem regelmäßig von Zeitschriften, mal stark, mal schwach geschminkt, entgegen. Sie ist schön, nett, und vor allem ist sie mager. Alle sagen, sie verkörpere die grazile Weiblichkeit. Ich hingegen weiß, sie hungert einfach. Wenn wir gemeinsam zu einem Empfang gehen, starrt sie auf die Häppchen, rührt sie nicht an und kippt sich Sekt hinein, einen nach dem anderen. Man möchte meinen, sie halte sich an den Gläsern fest. Ich hingegen habe einen moderaten Alkoholkonsum. Aber ich muss gestehen, kaum betrete ich den Raum, schon stopfe ich mir sämtliche Petits Fours hinein. Ich kann erst aufhören, wenn der Teller in greifbarer Nähe leer ist, abgegrast ist, wie mein Mann, Ex-Mann, zu sagen pflegte. Nicht nur bei gesellschaftlichen Anlässen, auch im engsten Familienkreis, weiß ich, dass alle erst auf meine Schwester, dann auf mich starren. Die Schöne und der Trampel. Wir können noch so viel harmonisch miteinander musizieren, sie spielt Geige, ich Klavier, wir können noch so oft zum Dessert im Kanon „Frère Jacques" singen, eine Art Familienritual, eigentlich wollen alle nur wieder sehen, wie sie hungert und ich fresse. Ihr hat die Hungerei Ruhm, mir hat die Fresserei Unglück gebracht: Eine Scheidung, wobei ich mich von meinem Mann getrennt habe.

Es war nicht mehr auszuhalten, wie mein Mann, Ex-Mann, von der Arbeit heimkommend immer als Erstes in die Küche lief, die Spülmaschine aufriss, den Kopf hineinsteckte und aufschrie, wenn er auf einem Teller wieder einmal die letzten, cremigen Spuren des geflämmten Topfenflans entdeckte. Er, Chirurg, auf gründlichste Sauberkeit bedacht, griff immer zu dem abgegessensten Teller, hielt ihn in die Höhe und rief: „Hast du wieder …?" Irgendwann habe ich dieses „Hast du wieder …?" nicht mehr ertragen können. Hätte er wenigstens gesagt: „Hat mein Naschkätzchen wieder genascht?" Nein, er sagte nur: „Hast du wieder?" Und das täglich. Nicht selten öffnete er auch den Mistkübel und zählte die Schalen der für den Flan verwendeten Eier nach. An den schlimmsten Tagen suchte er sogar noch nach dem lauwarmen Bunsenbrenner, den ich zum Flämmen des Flans benutzt hatte, als sei die dreifache Überführung eine äußerst wirkungsvolle Maßnahme, um gerade bei mir die Bikini-Diät auszulösen. Da meine Schwester in jedem Film nackt aus der Dusche oder

zumindest dünn bekleidet aus dem Bett springt, kann man als regelmäßiger Fernsehzuschauer ständig ihren makellosen Körper bewundern. Bei mir hingegen kann man selbst durch den dicksten Norwegerpullover klar erkennen, dass ich ein paar Gramm zu viel, dass ich einen so genannten Rettungsring habe. Mein Schwergewicht und die Schwerkraft ziehen mich immer mehr zu Boden, meine Beine sind kurz und patschig. „Dein Gang ähnelt inzwischen dem eines Nilpferds", sagte mein Mann, Ex-Mann, bei unserem vorletzten Streit. Jedenfalls haben sich am Essen unsere Geister geschieden und wir haben uns scheiden lassen. Meine Schwester hat bereits vier Scheidungen hinter sich, aber für ihren zuckersüßen Charakter und ihren appetitlichen Körperbau stehen immer wieder neue Anwärter Schlange. Wenn ich meine Schwester betrachte, sehe ich den Schatten meiner selbst. Wir haben das gleiche Gesicht: ein kleines Näschen, mandelförmige, braune Augen und wohlgeformte, volle Lippen. Doch meine zusätzlichen Pfunde haben den Ausdruck meines Gesichts leicht verändert. Wildfremde dicke Menschen ähneln sich ab einer gewissen Gewichtsklasse mehr als Schwestern. „Du hattest einmal etwas von der Schönheit deiner Schwester, jetzt siehst du aus wie ein Schwein … wie ein Schwein", schrie mein Mann, Ex-Mann, bei unserem allerletzten Streit. Das war vor sieben Jahren und ich begann eine Psychoanalyse.
Es ist Sonntag. Ich bin neun oder zehn Jahre alt. Wir sind zu Mittag bei unserer Großmutter. Unsere Großmutter, die Schauspielerin, deren Gemälde noch heute gold gerahmt rechts hinten im Burgtheaterfoyer hängt, sitzt mir mit geradem Rücken und großzügigem Dekolleté am weiß gedeckten Tisch gegenüber, meine Schwester im rechten Winkel zu mir. Auf dem Teewagen ein geschliffener Teller aus Kristall. Unsere Großmutter hebt den Kristallteller wie Hamlet den Totenschädel in die Höhe und verkündet mit ihrer dunklen Stimme, als stünde sie auf der Bühne: „Meine Lieb-lings-spei-se: Ge-flämmter Topfen-fla-a-an und dazu karamellisie-ie-ie-rte Trau-au-auben!" Ich bekomme als Erste eine große Portion und meine Schwester beginnt unter dem Tisch nach mir zu treten. Ich koste vom geflämmten Topfenflan und werde fast ohnmächtig! Geistesabwesend löffele ich den geflämmten Topfenflan erst vom Dessertteller, dann vom Kristallteller bis auch dieser leer ist. Die Fußtritte meiner Schwester spüre ich längst nicht mehr. Sie rührt den geflämmten Topfenflan nicht an und schiebt die karamellisierten Trauben auf ihrem Teller lustlos hin- und her. Ich möchte ein Leben lang geflämmten Topfenflan verschlingen!
Die Diagnose meines Analytikers: Auf zwanghafte Weise versuche ich das Geflämmter-Topfenflan-Hypererlebnis wieder-

herzustellen, indem ich esse und esse und bestätige somit die kindliche Ausrichtung meines Essverhaltens. Was für eine Erleichterung! Allem zugrunde liegt nicht, wie ich immer gemutmaßt habe, meine kleine Schwester, nein, es ist der großmütterliche geflämmte Topfenflan mit karamellisierten Trauben. Auf der Suche nach dem verlorenen geflämmten Topfenflan muss ich mich immer wieder meinen polymorph perversen Essgelüsten hingeben. Inzwischen geht mein Analytiker von einer ausgeprägten Geflämmter-Topfenflan-Neurose aus, die unangemessene Esstriebansprüche bei mir auslöst. Eine besondere Rolle schreibt mein Analytiker der Konsistenz des Topfenflans zu. Bisher ist es ihm noch nicht gelungen den stark sexuellen Symbolgehalt der cremigen, keineswegs schaumartigen und dennoch relativ stabilen Topfenflan-Konsistenz eindeutig aufzuschlüsseln.

Vor drei Wochen hat er, mein Analytiker, das ungeschriebene Gesetz der Psychoanalyse durchbrochen. Er fragte mich, ob unsere Großmutter mir das Originalrezept des geflämmten Topfenflans mit karamellisierten Trauben vererbt habe, er möchte die Speise ... kosten. Eigentlich bleibe es ihm über die Jahre ein Rätsel, wie eine Geflämmter-Topfenflan-Neurose zu einer derart desaströsen Störung meiner Persönlichkeitsstruktur habe führen können. Ich beging den fatalen Fehler ihm die Abschrift des Rezepts auszuhändigen. Seitdem ist er selbst in Behandlung: Ein klinischer Fall einer ausgeprägten Karamellisierte-Trauben-Fixierung! Was unsere Großmutter dazu sagen würde? Meine Schwester weiß von nichts!

ARCOTEL

LACHSFILET MIT ZITRONENBUTTER

Elisabeth-Joe Harriet

Reihenhaus in Taufkirchen bei München, früh abends
Personen:
Ein Ehepaar (ER, ein Bayer, SIE, eine Wienerin)
Der Verkaufsdirektor (aus dem Norden Deutschlands)

ER: Ja Himmelherrschaftszeiten no amal, wieso dauert denn des so lang. Wia soill denn nacha i rechtzeitig fertig wern, wann ma du des net endlich findst, des Flaschel des. Sakrisch sowas. Einmal braucht ma dei Hülfe, gell, einmal. – When a man needs a woman: verlassen is er da, verlassen! Ganz auf sich allein gestellt. Verraten und verkauft.

SIE: Also komm, jetzt übertreib nicht, ja.
Ich hab eh schon g'schaut. Und außerdem kann ich auch nicht alles gleichzeitig machen. Weil du dir das so eingebildet hast, muss ich den Tisch hier mit diesem Plastikkitsch schmücken. Scheußlich!

ER: Du, von dema so called Kitsch lebst du aber seit a paar Jahr ganz gut, oder fei nicht?

SIE: Du lebst gut davon, du! Ich habe mein eigenes Einkommen. Und ich hätte diesen Angeberschlitten nicht gebraucht. Den hast du dir ja unbedingt kaufen müssen.

ER: What does a man have from life, if not a car and a paar Spezi! Und überhaupts is mir des jetzt fei wurscht, ob du mein Ferrari magst oder net. I kann deine damischen Designerklamotten auch net ausstehen. Aber die wirst dir dann auch nimmer leisten können, gell, wenn i heut mein Posten verlier, weil du mir net no so a Flaschel bringst. Wirst scho irgendwo no oans ham.

SIE: Du weißt ganz genau, dass ich dieses synthetische Zeug niemals verwende. Du drehst es den Leuten an, und aus mir unerfindlichen Gründen kaufen sie's dir auch ab. Warum sollte also ich, wenn du als Vertreter dieses Klumps keines mehr im Auto hast, eines in meinem Haus haben?

ER: Des is immer noch unser Haus ja, unser Haus! This home is my castle, too. Hast mi? Des hab i alles mitbezahlt, gell.
Obwohla mir des nobliche Stilzeug des nie g'falla hat, des dei feine Famülie uns da aus Wien g'schickt hat, und des ma erst ham vona die Holzwürmer und die Motten befreien müssen. Is Herrichten war teurer, als wenn mas neu kauft hätten, sag i dir.

SIE: Du lass ja meine Wiener Familie aus dem Spiel. Immer hackst du auf meiner besseren Herkunft herum, nur weil du dich genierst für deine. Warum hast mich denn dann so unbedingt haben wollen?

ER: *(schreiend)* Damit'st ma jetzt endlich des Flaschel bringst. Sakratürk no amal! I muß jetzt die Sauce machen. Dera neue Verkaufsdirektor kommt in einer Viertelstund zum Essen.
Du weißt ganz genau, daß i da eine Super-Impression machen muass. Und da brauch i no a so a Essenz!!!

SIE: Ja, damit du mir noch mehr Wirtschaft in der Küche machst.

ER: Des is, because Männer kochen with inspiration und net min Hirn, wia'd Weiberleut.

SIE: Und weil du so hirnlos bist, werde ich Tage brauchen, um die Spuren deines einmaligen Kochens zu entfernen.

ER: *(nachäffend)* Um die Spuren deines einmaligen Kochens … Kommst da net selber manchmal blöd vor, wenn'st a so g'spreizt daherredst?

SIE: Ach du red was! Du mit deinem dauernden Macho-Englisch, seitdem du mit deinen Freunden den Volkshochschulkurs belegt hast. Glaubst du das ist gescheiter? Das ist ja keine Sprache mehr, so wie du das sprichst, das ist Affenlatein!

ER: Ah, was verstehst denn du schon vom männlichen Sprachgefühl.
(erschrickt) Mei so spät scho. Und i kann jetzt da net weg aus dera Küche zum Suchen. I bitt di schau jetzt no amal in dera Garage nach, ob net doch noch im Auto a so a Flaschel liegt.

SIE: Wie oft soll ich dir noch sagen, dass im Auto nichts mehr von dem Zeug ist. – Es ist Ihnen ausgegangen Ihr Produkt, Herr Regionsleiter, ausgegangen!!
Im Auto war nur der Brief, den ich dir schon in die Küche gelegt habe. Hast ihn schon endlich aufgemacht?

ER: Brauch i net. Woaß eh was drinsteht. Des is der Begrüßungsbrief vom neuen Verkaufsdirektor, den er an alle Mitarbeiter g'schickt hat. Steht eh überall der gleiche Schmus drin. Hab i bei die andern scho g'lesen. Außerdem hab i koa Zeit zum Lesen. I muass die Sauce zum Lachsfilet no machen. Und da brauch i no a bissl was vo dera Essenz.
(wird innig) Geh, Spatzl, hast koane mehr wo versteckt??

SIE: Ah, schau wie nett du sein kannst, wenn's um dieses falsche Zeug geht.
Also es wird doch nicht so schlimm sein, wenn halt bei einem Gang eine Speise ist, in der du diese grausliche künstliche Zitronensäure nicht als Ingredienz verwendest.
Bei der Vorspeise, der Suppe und der Nachspeise hast du ohnedies schon alles damit verdorben.
Press halt für die Sauce eine echte Zitrone aus. Das Lachsfilet wird es dir danken, und dein neuer Direktor wird es gar nicht bemerken. Nach den ersten beiden

Gängen sind seine Geschmacksnerven ohnedies schon verätzt.

ER: Na gut, what shall's. Aber auspressen tust du's mir. Mit dena Verrat am Menue will ich nix zum Tun ham. Und pass ja auf, dass koane Flankern und Kern zum Sehen sind, ja!

SIE: Für die Hilfsdienste bin ich dir gut genug!

ER: Ja, jetzt hör doch scho auf zum Keifen.
Und dass'd di nachher ja net verplapperst, dass bei eim Gang net Homolka's Zitronensäure drin is. Nix derfst sagen! So bemüht hab i mi um a Menue rund um unser Produkt. A richitg's Corporate Identitiy hab i da gecreatured. Des derfst ma net zerstör'n. Versprichst ma des? Kein Wort! Komme, was da wolle!

SIE: Versprochen! So, da hast du den Zitronensaft. Kern- und faserfrei, und doch so herrlich echt! Verträgt sich ohnedies viel besser mit der Butter als deine scharfe Essenz. Davon wäre die Butter doch geronnen.

*Es läutet. Verkaufsdirektor tritt ein. Nach den Drink- und Begrüßungsformalitäten begibt man sich zu Tisch.
Mitten im Hauptgang – Lachsfilet mit Zitronenkräuterbutter -– erhebt der neue Verkaufsdirektor das Glas, räuspert sich und spricht:*

VD: Normalerweise erhebt man an dieser Stelle ja das Glas, um auf das Wohl der Hausfrau zu trinken. Liebe gnädige Frau, ich trinke auch auf das ihre, aber doch vorrangig – in diesem speziellen Fall – trinke ich auf die Kochkünste Ihres Mannes.
Mein Lieber, was Sie hier rund um unser bestes Produkt geschaffen haben, ist wahrhaft sensationell und in dieser Form noch nicht dagewesen. Man sollte sie ein Homolka Kochbuch schreiben lassen.
Der Zitronendip zu den Garnelenschwänzen – herrlich!
Die Selleriecremesuppe mit Homolka's Zitronenhaube – superb!
Diese Zitronenkräuterbutter zum Lachsfilet – unerreicht!
Und die Zitronensabajone wird dieses Gedicht von einem Menue sicher noch deliziös abrunden.

(alle trinken ergriffen) (Mit Tränen in den Augen spricht der Direktor dann weiter)

Am meisten aber hat mich gerührt, dass Sie, mein Lieber, mit solcher Umsicht auf meine spezielle Bitte in meinem Brief dermaßen Rücksicht genommen haben. Sogar die Tischdekoration ist aus Plastikzitronen, wodurch ich mich auch gleich viel wohler gefühlt habe. Das hat in der Form noch niemals jemand getan und das werde ich Ihnen bestimmt nie vergessen.
Nicht umsonst setze ich mich so für die Verwendung von Homolka's Zitonensäure ein.
Sagen Sie, mein Lieber, langsam frage ich mich – nur, weil Sie so extrem einfühlsam reagiert haben, – sind Sie etwa auch wie ich auf echte Zitronen so allergisch? Also, wenn ich auch nur einen Hauch Zitronensaft zu mir nehme, – liebe gnädige Frau ich muss Sie unbedingt noch um etwas von der köstlichen Zitronenkäuterbutter zum Lachfilet bitten. Ich möchte fast sagen, dass mir diese Kreation am besten von allen schmeckt – ja also bei auch nur einem Hauch von echter Zitrone lösen sich bei mir 7-8 Stunden später meine gesamten Schleimhäute in Mund und Magen ab. Damit bin ich damals 6 Wochen im Spital gelegen, und der Arzt hat gemeint, ein zweites Mal würde ich das nicht überleben.
Ach ist das köstlich! Zum Wohl noch mal und ganz herzlichen Dank, ganz herzlichen Dank! …

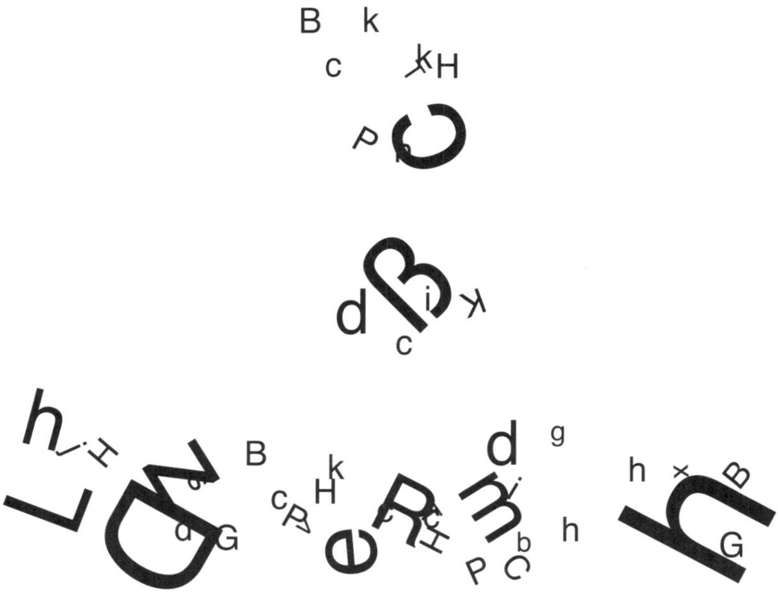

GLOSSAR

Ewald BARINGER, geb. 1955 in Wien
Studierte Deutsche Philologie an der Universität Wien und Musikpädagogik an der Musikuniversität und unterrichtete in Folge an einer Wiener AHS. Seit 1985 literarisch tätig und Kulturjournalist bei den „Niederösterreichischen Nachrichten" und der „Austria Presse Agentur". Seit 1978 in Klosterneuburg lebend, Präsident der „Literaturgesellschaft Klosterneuburg". Weitere Mitgliedschaften: Österr. und NÖ. P.E.N.-Club, IG-Autoren.
Veröffentlichungen: mein name ist nicht josef/lasso ins netz. Prosa, Edition Koenigstein, Klosterneuburg 1999; Hunzils wundersame Reise. Erzählung, Literaturedition NÖ, St. Pölten 2003; Endlich Ruhe. Roman, Edition Va Bene, Wien/Klosterneuburg 2005.
Beiträge in Literaturzeitschriften (DUM, Radieschen, …), Katalogbeiträge; Lesungen in Österreich und Deutschland, Teilnahme am Theaterfestival „Luaga und Losna" 2007 (Nenzing, Vorarlberg).

RAOUL BILTGEN, geb. 1974 in Esch/Alzette, Luxemburg
Schauspielausbildung am Konservatorium der Stadt Wien, Ensemblemitglied am Vorarlberger Landestheater, Dramaturg am Theater der Jugend Wien, seit 2003 freier Schauspieler, Dramaturg und Schriftsteller in Wien.
Veröffentlichung zahlreicher Theaterstücke beim Thomas Sessler Verlag Wien (mit Uraufführungen und Inszenierungen in Deutschland, Luxemburg und Österreich, u.a. am Schauspielhaus Wien, Théâtre National du Luxembourg, Vorarlberger Landestheater Bregenz, Theater Hof (D), Theater Drachengasse Wien, Kulturbühne Bugenhagen Hamburg, …)
Neben Veröffentlichungen in Anthologien und Zeitschriften sind bisher folgende Bücher erschienen: Manchmal spreche ich sie aus, Gedichte, Op der Lay, Esch-sur-Sûre, 1999; Heimweg,

kurze Prosa, Op der Lay, Esch-sur-Sûre, 2000; perfekt morden, Roman, Molden, Wien, 2005; Einer spricht, Monologe bei Op der Lay, Esch-sur-Sûre, 2007

Peter BOSCH, geb. 1957 in Wien, sesshaft
Mitbesitzer und Geschäftsführer einer Softwarefirma – info trans
Veröffentlichungen in zahlreichen Anthologien in den Verlagen Rowohlt, Aarachne und MayaMedia. Ebensoviele Lesungen.
Roman Elsbeth und Ingwer, Aarachne Verlag, Wien, 2001
The Big Pebowski – Auftritt als Nicht-Sänger und Nicht-Spieler in der Kärntnerstraße, Herbst 2001, Wien; Gegen eine kleine Spende konnte man ihn für kurze Zeit zum Verstummen bringen.
Lesung im Rahmen der Vernissage >Stille Gäste< mit einem Soundscape von K.H. Essl jun., Wien 2002.
Gewinner des Literaturwettbewerbs Paradise im MayaMedia-Verlag, München, 2002; Projekt >Große Worte< – ein auf 3 Bände ausgelegtes Crossover zwischen Literatur & Comic + 1 Prolog; SchreibWeisen – LeseReisen – DichterInnen auf der Waltz
Mit alten Kostümen und neuen Texten bereisen, belesen und beschreiben wir vom 16.-18. Mai 2003 das niederösterreichische Industrieviertel; Roman Der Spurenzeichner – erschienen 2005 im Albatros Verlag, Wien.
Mitglied des Production-Teams von Wie geht das? bei OKTO-TV; Mitglied der Grazer Autorinnen Autorenversammlung (GAV)
2. Platz beim Wimberger-Literatur-Wettbewerb BUCHSTABENSUPPE 2007

Christoph BRAENDLE, geb. 1953 in der Schweiz
Lebt seit 1987 in Wien. Ausgedehnte Reisetätigkeit in Europa, Asien, Afrika und Amerika.
Romane, Novellen: Die Reise nach Indonesien, 1981, rar-Verlag, Zürich; Die Wiener, 1992, Droschl-Verlag, Graz, Wien; Jede Menge Kafka, 1994, Brandstätter-Verlag, Wien; Wiener Sonate, 1998, picus-Verlag, Wien; Der Unterschied zwischen einem Engel, 2000, picus-Verlag, Wien; Ein österreichischer Held, 2001, Styria-Verlag, Graz, Wien; Erinnerungen an die Gegenwart, 2005, fotohof Salzburg; Der kleine Reporter. 2007, Verl. Bibliothek der Provinz, Weitra und Wien.
Theaterwerke (Auswahl): Prometheus am Kreuz; Simmer; Neubeginn; Henkers Mahl; Hasenfuss; Shakespeares Vögel; Shakespeares Faust; Shakespeare III; Marrakesch Madrid oder das Böse Herz.

Publizistische Arbeiten in: Neue Zürcher Zeitung, Frankfurter Allgemeine, Merian, Globo, WamS, Presse, Standard, Falter, Weltwoche, Du, Wiener Zeitung, Kurier u.v.a.

Patricia BROOKS, geb. 1957
freiberufliche Schriftstellerin. Mitglied der Grazer Autorenversammlung
Buchveröffentlichungen: Aquadrom Kurzgeschichten, Edition Selene 1993; Feuerfahrt. Winterspiel Kurzgeschichten, Edition Selene 1996; Kimberly Roman, Edition Selene 2001; Garten der Geschwister Roman, Molden 2006
Theater: Szenenwechsel, Textmontage-Performance Wolfgang Kindermann/Klaus Haberl/Patricia Brooks 2002 – Theater Forum Schwechat; Odysseus fragment 8 . Penelope Text Patricia Brooks/Wolfgang Kindermann – Oktober 2003 – dietheater Künstlerhaus
Flussbar Text f. Performance des Nomad Theaters im Fluc – Juni 2004

Thomas DUSCHLBAUER, geb. 1968 in Linz
Studien der Kommunikations- und Kulturwissenschaft in Wien und London. Erste Veröffentlichungen in Literaturzeitschriften und Anthologien. 1995: Ein Stuhl im Niemandsland; 1996: In medias res; 2003: Unvorhersehungen (Lyrik) – wurde vom Österreichischen Buchklub der Jugend zu einem der besten Bücher des Jahres gewählt; 2006: Moskwa Blues (Satire). Talentförderungsprämie der Stadt Linz und des Landes OÖ, Hermes Lyrikpreis (2. Preis) und Anerkennungspreis der Dr.-Ernst-Koref-Stiftung (Essay). Lesungen u. a. in Linz, Wien und Berlin sowie im Rundfunk (ORF, Radio FRO). Mitglied des P.E.N.-International sowie des AKL (Autorenkreis Linz). Literaturprojekte: „Salonkultur“, „Literatur findet Stadt“, „Schreibanschläge-Denkanstösse“.

Maria GORNIKIEWICZ, geb. 1943 in Wien
Kaufmännische Ausbildung, später Redakteurin, freie Journalistin, Publizistin und Schriftstellerin. Mitglied des Österreichischen Schriftstellerverbandes, des Literaturkreises PODIUM (10 Jahre im Vorstand) und der IG Autoren und Autorinnen.
Seit 1977 Publikationen von Kurzprosa (Erzählungen, Feuilletons, Portraits, Reisegeschichten) in in- und ausländischen Anthologien, Magazinen und Rundfunkstationen, Beiträge für Kinderbücher, div. Hörspiele, Funkerzählungen und Features. Herausgeberin einer Literatur-CD für PODIUM.

Diverse Fotoausstellungen und Lesungen.
Anerkennungspreis für Kurzprosa der Koref-Stiftung, Österreich (1979)
Kinderbuchpreis der Stadt Wien in einer Autorengruppe (1982)
Theodor Körner-Preis für Literatur (1983)

Margit HAHN, geb. 1960 in Wien
Lebt in Klosterneuburg, Mitglied der Grazer Autorenversammlung und der NÖ Autorenvereinigung Podium
Bücher: Einsamkeit der Lust, Erzählungen, 1992, Wiener Frauenverlag; Die kleinen Fallen der Lust, Erzählungen, 1994, Wiener Frauenverlag; Entgleisungen, Erzählungen, 1996, Wiener Frauenverlag; Haut.Nah, Erzählungen, 1997, Milena-Verlag; Delikatessen, Erzählungen mit Grafiken von Georg Koenigstein, 2001, Literaturedition Niederösterreich; Tarot-Suite, Roman mit Barbara Neuwirth, Harald Friedl, Norbert Silberbauer, Heinz Janisch, 2001, Verlag Deuticke; Totreden. Erzählungen, 2006; Stille Sehnsucht. Gedichte mit Originalradierungen von Georg Koenigstein, 1994; Im Streiflicht des Mondes, Gedichte mit Originalradierungen von Georg Koenigstein, 1995; Der männliche Blick Erzählung mit Originalgrafiken von Georg Koenigstein, 1999.
Theater: Einsamkeit der Lust unter der Regie von Eva Brenner. Uraufführung im WUK, 1996; Jänner 2004: Uraufführung des Stückes Aber warum gerade er? unter der Regie von Katrin Aissen im Theater Drachengasse; Oktober 2004: Uraufführung des Stückes Bald kommt der Aufschwung! im Projekt-Theater-Studio, Wien; Nicht jeder kann von mir was haben, im Rahmen des Egon-Schiele-Festes 2007 Neulengbach-Tulln.
Preise: Hans-Weigel-Stipendium der NÖ-Landesregierung, 1994; Förderungspreis für Literatur der Stadt Wien, 1994; Förderungspreis für Literatur des Bundesministeriums für Wissenschaft, Verkehr und Kunst, 1996; Staatsstipendium für Literatur, 1998

Christian HAMERLE, geb. 1975 in Wien
Seit 1999 als Autor tätig. In jener Zeit auch als Redakteur und Gestalter für diverse Fernsehsender gearbeitet. Im Jahr 2002 den Roman Mannskind verfasst (Ein episches Werk über die Abnabelung von der Mutter). Danach Veröffentlichungen im Wiener Kunst-und Kulturmagazin Melangé (Das Elend Amerikas). 2005 Theaterstück verfasst und selbst gespielt (Der Denker und sein Henker. Derzeit Arbeit an den Wiener Tagebüchern. Erfinder des Wiener Literatur-Ateliers.

Rudolf HRUBY, geb. in Wien
Zum ersten Mal an einem Literatur-Wettbewerb teilgenommen. Bisher noch keine Veröffentlichungen.

Wolfgang KÜHN, geb. 1965 in Langenlois
Lebt in Langenlois, Wien und unterwegs.
1/3 „Unabhängiges Literaturhaus NÖ" (seit 2000), 1/3 „DUM – Das Ultimative Magazin" (seit 1992), 1/3 „Edition Aramo" (seit 2000), 1/3 „Zur Wachauerin" (seit 2002) – daher auch wenig Zeit zu schreiben.
Nichtsdestotrotz 2 CDs mit „Zur Wachauerin" – „Kalmuk" (2003), „Glatt & Verkehrt" (2006, gemeinsam mit „Die Strottern") und Mundartlyrikband Des Wetta wiad betta (2006, Edition VAbENE) sowie zahlreiche Veröffentlichungen in Zeitschriften und Anthologien.
3. Platz beim Wimberger-Literatur-Wettbewerb BUCHSTABENSUPPE 2007.

Christine VELAN, geb. 1966 in Frankreich, in Wien lebend
Nach der Matura in Deutschland Germanistik, Theater- und Kommunikations-Wissenschaften in München studiert, daran anschließend Schauspiel am Max Reinhardt Seminar in Wien. Studiengast des Moskauer Mchat-Theaters und in Wien und Reutlingen Theater gespielt. Zudem in zahlreichen Fernsehspielen und Kinofilmen mitgewirkt („Die Fremde" von Diethard Klante, „Bennys Video" von Michael Haneke etc.).
Seit 1996 als freie Autorin und Journalistin mit den Schwerpunkten Kultur und Frankreich für die Berliner Zeitung tätig. Für den Roman Der blinde Fleck, die Theaterstücke Glück unter Palmen, Monsieur Cafard, Taubenblau und das Hörspiel Free speed mehrere Arbeits-, Reise- und Dramatikerstipendien von der Kunstsektion des Bundeskanzleramts Österreich erhalten. Im Jahre 2005 als ‚Artist in Residence' von der Valparaiso Beckett Foundation eingeladen.
Gastdozentin für „Zeitgenössisches, deutschsprachiges Theater" an der Grande Ecole HEC Jouy-en-Josas/Paris.
Gewinnerin des Wimberger-Literatur-Wettbewerbes BUCHSTABENSUPPE 2007.

uu F

oTK

J T d

f

ARCOTEL Wimberger
1070 Wien I Neubaugürtel 34-36 I T +43 1 521 65-0
F +43 1 521 65-810 I wimberger@arcotel.at I www.arcotel.at